불매소리

| 차례 |

쇠를 만드는 마을,
다인철소와 불매소리

•다인철소

'철소'란 고려 시대에 철의 생산을 담당한 특수 행정 집단이다. 철소에 거주하는 철소민의 계급은 대부분 최하층인 천민이었다. 쇠를 만드는 고된 작업을 못 이겨 도망치는 기술자가 늘어나자, 고려 조정이 철소민의 신분을 양인에서 천민으로 낮춰 마을을 빠져나가지 못하게 막은 것이다.

고려의 주요 철 생산지였던 '다인철소'는 당시 충주에 있었다.

•불매소리

뜨거운 열기 앞에서 풀무를 밟으며 쇠를 생산할 때, 철소민들은 서로 힘을 북돋기 위해 노동요 '불매소리'를 불렀다. '불매'란 쇳물을 녹이는 가마에 바람을 불어넣는 '풀무'의 별칭이다.

등장인물

― 우정
······· 사랑
━━ 기타

망치
철소에서 벗어나고
싶은 소년

친구이자 라이벌 →
← 든든한 친구

김윤후 장군
몽골 적장을 죽인
고려의 영웅

상관 - 부하

함께 자란 동생

동네 오라버니일 뿐,
혼담은 글쎄

모루
군인이 되려는 소년,
또래보다 힘이 셈

선후배

운학대사
유학사의 주지 스님,
상호장의 스승

스승 - 제자

도원
불도와 학문을
공부하는 도령

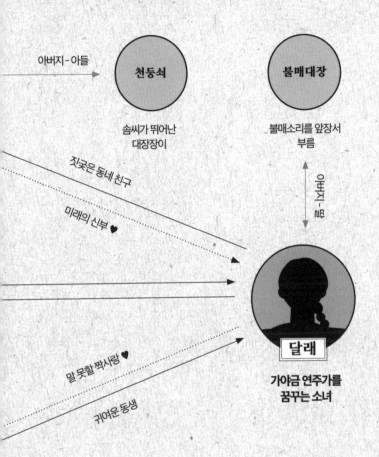

첫 쇠 열기

"계축년(1253년) 새해를 맞아 다인철소가 첫 쇠부리를 아뢰옵
니다. 처음 쇠를 만드신 시우 신께 비오니, 올해도 다치는 이 없이
쇠 풍년이 들도록 도와주소서!"

철소鐵所('소'는 고려 시대 수공업이나 광업, 지방의 특산물을 생산하던
특수한 행정 구역)의 최고 관리인 상호장上戶長이 축문을 읽고 절을
했다. 그 뒤에 늘어선 부호장副戶長과 철소의 대장들도 따라서 절
을 했다.

상호장이 단상의 자리로 돌아가자 불편수가 나섰다. '쇠를 부린
다'는 뜻으로 철광석을 녹여 쇠를 만드는 작업을 통틀어 '쇠부리'
라 하고, 불편수가 그 작업을 처음부터 끝까지 지휘했다. 허리가
구부정한 불편수 노인이 카랑카랑한 쇳소리를 토했다.

"다인철소, 첫 쇠 열기를 시작하라!"

둥, 둥, 둥.

큰북이 울렸다. 불편수의 손짓에 따라 골편수가 나섰다. 철광석을 녹이는 가마를 만들고 관리하는 책임자인 골편수가, 집채만한 가마에 붙은 경사진 둔덕으로 올라가 가마 뚜껑을 열었다.

숯대장은 큰 부삽에 가득 담은 숯불을 가마에 쏟아 넣었다. 대기하던 숯쟁이들도 줄줄이 소쿠리에 담은 숯을 갖다 부었다.

망치는 처음으로 불매대장 자리에 선 달래를 불안한 눈빛으로 쳐다보았다. 하지만 꽹과리를 거머쥔 달래는 그저 담담한 표정이었다.

"하나도 안 떠네. 하여튼 배짱 하나는 알아줘야 해, 안 그래?"

망치가 앞에 선 깃대잡이 모루의 허리를 쿡 찌르며 속삭였다. 모루가 고개를 돌려 씩 웃고는 철소의 깃대를 꽉 움켜쥐었다.

'다인철소' 깃발이 설을 갓 지난 차가운 하늘로 솟구칠 듯이 펄럭였다. 주황색 바탕의 깃발에는 검은색 쇠 철鐵 자가 선명했다. 그 아래 양 끝엔 많을 다多 자와 어질 인仁 자가 푸른색으로 박혀 있었다.

철소민鐵所民들은 침을 꼴깍 삼키며 달래를 바라보았다. 디딜풀무를 밟고 선 불매꾼들의 표정에도 조바심이 일었다.

누구보다도 속이 타고 떨리는 사람은 불매대장인 달래 아버지일 터였다. 지난 동지 무렵 숯 창고에 불이 났는데, 그 불을 맨 앞에서 끈 사람이 불매대장이었다. 덕분에 불길은 일찍 잡았지만,

불매대장은 자욱한 연기 속에서 정신을 잃고 말았다. 그리고 깨어나서는 목을 다쳤는지 말을 제대로 하지 못했다. 그 바람에 달래가 임시로 불매대장을 맡은 참이었다.

모락모락 피어오르던 가마의 연기가 무성해지자 불편수의 명이 떨어졌다.

"불매 올려라!"

달래가 불매꾼들과 눈을 맞추고는 꽹과리를 치며 외쳤다.

"자, 한판 놀아 볼까요?"

불매꾼들이 메아리처럼 맞받았다.

"좋소, 한판 놀아 봅시다!"

달래가 능청스럽게 느릿느릿 노래를 시작했다. 쇠 만들 때 힘을 북돋는 노래, 불매소리였다.

옛날 옛적 시우 신이

어허 여허루 불매야

조작으로 만든 불매

어허 여허루 불매야

태고 시절 언제런가

어허 여허루 불매야

시우 신이 있을 때지

어허 여허루 불매야.

달래가 앞 소절을 부르면 네 명씩 마주 선 불매꾼들이 디딜풀무를 밟으며 후렴으로 답했다. 그렇게 주거니 받거니 하는 가운데 디딜풀무 속도가 조금씩 빨라졌다. 디딜풀무가 일으킨 바람이 바람 고랑을 타고 가마 아래쪽으로 들어가 불꽃을 키우는 소리가 확확 울려 났다.

"쇠 넣어라!"

불편수의 지시를 쇠대장이 따라 외쳤다. 쇠쟁이들은 재빠르게 소쿠리에 담은 철광석을 가마 안으로 쏟아부었다. 가마 안에 철광석과 숯이 적절하게 차자 골편수가 뚜껑을 닫았다. 굴뚝으로 허연 연기가 뭉게구름처럼 솟아났다.

불매소리가 점점 빨라졌다.

금년 해는 계축년이오
호호 오오 불매야
거룩한 시우 신께 빌고
호호 오오 불매야
도솔천 부처님께 비오니
호호 오오 불매야
들판에는 쌀 풍년 들고
호호 오오 불매야
철소에는 쇠 풍년 나소

호호 오오 불매야.

불매소리가 무르익자 아낙들이 음식을 내왔다. 관리와 귀족들이 자리 잡은 단상부터 고기와 술과 떡이 차려졌다. 그다음은 쇠부리 작업조가 상을 받았다. 그렇게 본격적인 잔치가 시작되었다.

두 조로 이루어진 불매꾼과 숯쟁이, 쇠쟁이 들은 번갈아 가며 일을 했다. 쉬는 동안에는 왁자하게 떠들며 먹고 마셨다. 이렇게 해종일 푸지게 먹고 마시며 시작하는 새해 첫 쇠부리 작업을 '첫 쇠 열기'라고 불렀다.

첫 쇠 열기는 철소의 가장 큰 행사였다. 상호장이 주관하고, 충주 부사를 비롯한 귀족과 관리들도 참석했다.

"자, 모두 잠시 멈추고 여기를 보시오."

상호장이 자리에서 일어나 시선을 끌어모았다. 달래의 불매소리가 멎자 불매꾼들은 입을 닫은 채 일정한 속도로 디딜풀무를 밟았다.

"오늘 부사께서 귀한 손님을 모시고 오셨기에 소개하고자 하오."

상호장은 충주 부사에게 직접 소개하라는 손짓을 보냈다. 부사가 자리에서 일어나 철소 주민과 지역 유지들을 둘러본 다음 입을 열었다.

"다인철소의 첫 쇠 열기를 축하하오. 몽골 오랑캐가 침략한 이래 조정은 강화도로 옮겨 싸우고 있소. 우리 충주는 20여 년 전

오랑캐가 처음 쳐들어왔을 때도 끝내 항복하지 않고 성을 지켰소. 이런 충주에 황공하옵게도 황제 폐하께서 고려 최고의 장수를 산성방호별감(산성을 방어하기 위해 파견한 지휘관)으로 보내 주셨소."

모두의 눈길이 단상으로 쏠렸다. 키가 큰 무관이 눈길을 끌었으나 부사가 일으켜 세운 사람은 곁에 앉은 수염이 긴 승려였다.

"20년 전 처인성(오늘날 경기도 용인시에 있는 토성)에서 적장 살리타를 물리친 대고려의 영웅, 김윤후 장군이오!"

순간 큰가마실 마당은 탄성으로 가득 찼다. 탄성은 함성으로 변했고, 이어 우렁찬 박수가 터져 나왔다. 한차례 소란이 가라앉자 김윤후가 입을 열었다.

"소승은 장군도 영웅도 아닌 한낱 별감일 뿐인데, 이처럼 환대해 주시니 몸 둘 바를 모르겠소이다."

김윤후의 목소리는 낮지만 묵직한 울림이 있었다. 그는 한갓 별감이었지만 고려 사람 누구나 장군으로 예우했다.

당시 승려였던 김윤후가 몽골의 장수 살리타를 사살하자 몽골군은 서둘러 군사를 물리고 돌아갔다. 김윤후의 이름이 고려 전역을 진동시켰고, 조정에서는 공로를 치하해 그에게 상장군(정3품) 벼슬을 내렸다. 김윤후는 공을 부하들에게 돌리고 한사코 사양했다. 이에 조정에서 관직을 낮춰 장군 아래 벼슬인 섭랑장(종6품)을 내리자 받아들였다.

하지만 김윤후는 벼슬살이를 하지 않고 승려로 돌아간 듯했다.

그 뒤 몇 차례 몽골의 침략에도 모습을 드러내지 않았다. 고려가 벼랑 끝으로 내몰릴수록 그에 대한 소문만 무성했다. 김윤후가 구름을 타고 하늘을 날고 호랑이를 타고 산과 들을 누빈다더라, 언젠가 나타나 몽골군을 물리쳐 줄 것이라는 이야기만 바람처럼 떠돌았다. 그런 그가 느닷없이 다인철소에 나타난 참이었다.

"충주는 이미 몽골군을 물리친 역사가 있습니다. 소승은 산성 방호별감으로서 적이 쳐들어오면 충주의 관민들과 함께 끝까지 이 땅을 지켜 낼 것입니다."

다시 요란한 함성과 박수가 다인철소를 뒤흔들었다.

"와, 이게 꿈이야 생시야?"

망치가 모루를 쳐다보며 말했다. 김윤후가 처인성에서 살리타를 사살한 건 자신들이 태어나기도 전의 일이지만, 고려의 아이들은 김윤후의 이름을 익히 알고 있었다.

철소 골목대장인 망치는 입만 열면 자신도 김윤후 같은 장군이 될 거라고 큰소리치곤 했다. 그건 모루도 마찬가지였다. 모루는 김윤후에게 눈길을 비끄러맨 채 거머쥔 깃대를 부르르 떨었다. 그의 눈에는 구슬 같은 눈물방울이 대롱거리다가 발등에 뚝뚝 떨어졌다.

망치는 고개를 갸웃거렸다.

'얘는 왜 이렇게 넘치게 흥분하고 난리지?'

해가 하늘 가운데를 넘어설 즘 충주 부사가 첫 쇠 열기 현장을 빠져나갔다. 귀족들과 미륵대원사, 김생사, 석종사의 주지들도 뒤를 따랐다. 김윤후는 상호장과 상호장이 스승으로 모시는 운학대사 사이에 앉아 이야기를 나누며 불매소리를 감상했다.

달래의 목소리는 더 짱짱해졌고, 불매소리는 점점 빨라졌다. 가마는 열기가 오를 대로 올라 터질 듯했다.

이 불매는 어디메 불매요

충주라 다인철소 불매지

쇠는 쇠는 어디메 쇠인고

윗쇠골 아랫쇠골 때깔 좋은 광석이지

숯은 숯은 어디메 숯인고

탄촌 숯 고개 활활 타는 백탄이지.

어느 순간, 골편수가 작은 망치로 가마 아랫부분 벽을 톡톡 두드렸다. 쇳물이 어느 정도 고였는지 가늠하는 것이었다.

"저렇게 두드려 보는 걸로 쇳물이 고였는지 어떻게 알지? 정말 신기하지 않아?"

망치의 말에 모루도 고개를 끄덕였다.

이윽고 불편수가 두 손을 번쩍 들어 가위표를 만들었다. 달래의 노래가 그치자 불매꾼의 발굴림도 멎었다. 잠시 뜸을 들이던 불편수가 마지막 명을 내렸다.

"쇠 열어라!"

골편수가 긴 쇠꼬챙이를 가마 아랫부분 초롱 구멍에 대고 망치로 살살 쳤다. 쇠꼬챙이가 말랑말랑해진 벽을 뚫고 쑥 들어갔다가 이내 나왔다. 곧장 골편수의 목청이 울려 퍼졌다.

"계축년 새해 다인철소, 첫 쇠 나온다!"

드디어 초롱 구멍으로 쇳물이 흘러나왔다. 벌건 쇳물은 모래틀 가운데 길을 따라 흘러 좌우로 펼쳐진 네모난 틀을 뒤에서부터 채웠다. 쇳물은 틀 하나가 가득 차면 자연스레 다음 틀을 채워 갔다. 마치 커다란 나뭇가지에 열매가 하나씩 매달리는 듯했다. 철소민들은 누구나 할 것 없이 숨소리도 내지 않고 그 광경을 지켜보았다. 제사를 지내듯 엄숙한 모습이었다.

쇳물이 다 흘러나오자 골편수가 점토로 초롱 구멍을 다시 막았다.

"나리, 80근(약 48킬로그램) 판장쇠가 모두 열 개입니다."

상호장과 부호장이 다가오자 불편수가 아뢰었다.

"참으로 수고했네. 작년엔 여덟 개였잖은가. 올해는 열 개나 되니 쇠 풍년이 들고, 좋은 일도 듬뿍 생기겠구먼."

"오늘 쇠부리는 불매소리의 공도 크니 칭찬해 주십시오."

불편수가 달래를 상호장 앞으로 슬며시 떠밀었다.

"달래로구나, 오늘 네 불매소리가 판장쇠를 두 개는 더 만든 듯하구나. 참 잘하였다."

　상호장은 늘어선 대장들을 돌아보며 큰 소리로 말했다.

　"금년 첫 쇠 열기는 매우 잘되었다. 모두가 정성으로 준비하고 애쓴 덕분이다. 불편수와 골편수, 쇠대장과 숯대장, 그리고 오늘의 불매대장 달래에게 상을 내릴 것이다!"

　함성이 울려 퍼지고, 징과 꽹과리가 흥을 돋우었다.

　상호장을 비롯한 관리들이 돌아간 뒤에도 철소민들의 잔치는 밤늦도록 계속되었다. 이런 까닭에 철소에는 '첫 쇠 열기 밥심이 동지까지 간다'라는 말이 생긴 것이었다.

월영정 시험

철소민은 열다섯 살부터 철소의 일 한 가지씩은 맡아야 했다. 그건 선택의 여지가 없었다. 대부분 아버지가 하는 일을 따라 배우다가 그 길로 평생을 가도록 정해져 있었다. 숯쟁이 아들은 숯쟁이가 되고, 쇠쟁이 아들은 쇠쟁이가 되어야 했다.

아버지 천둥쇠가 대장간 대장이니 망치는 평생 망치질을 벗어날 길이 없을 터였다. 망치는 제 팔자를 갈아엎고 싶었다. 방법은 둘 중 하나, 철소에서 도망쳐 신분을 감추고 살거나 전쟁에 나가 공을 세워 무관武官이 되는 것이었다.

지난해 여름, 망치는 기어코 첫 번째 길을 선택했다. 철소 탈출을 감행했다. 군인이 될 가능성이 줄어든 탓에 선택한 길이기도 했다. 몽골과 전쟁 중이니 쉬울 듯했지만, 오히려 그 반대였다. 나라에서는 철소 일꾼을 군인보다 더 귀하게 취급했다. 평소보다 전쟁 물자를 더 많이 만들어야 하는 까닭이었다. 그래서 도망치다가 잡히면 이전보다 더 큰 벌을 받았다. 뒤꿈치 힘줄이 끊어진 채 평생 절름발이로 살 수도 있었다.

하지만 망치는 뒷일까지 생각하는 성격이 아니었다. 겉옷 한 벌과 짚신 두 켤레가 든 보따리를 허리에 두른 채 새벽에 집을 빠져나왔다. 줄배를 타고 달래강을 건너 허겁지겁 월악산으로 숨어들었다. 이어 다람쥐처럼 산길로 내달아 송계 계곡을 지나 닷돈재를 넘어 하늘재에 다다랐다. 하늘재만 넘어가면 경상도 땅이니 알아보는 이가 없으리라 생각했다.

하늘재에 도착한 망치는 털썩 주저앉고 말았다. 고갯마루 주막 앞에 부호장이 말을 탄 채 기다리고 있었다. 게다가 말고삐를 잡은 사람은 천둥쇠였다.

"녀석, 뜀박질을 잘한다더니 그새 멀리도 왔구나."

부호장은 그 한마디로 망치의 도망질을 눈감아 주었다. 부호장의 사냥을 따라간 것으로 처리해 철소민들은 모르고 지나갔다. 망치가 도망친 사실을 어머니에게 전해 들은 아버지가 곧장 부호장에게 알려 수습한 것이었다. 평소에 부호장이 원하는 무기나 기구를 도깨비방망이처럼 뚝딱 만들어 내는 대장장이 아버지의 솜씨 덕을 톡톡히 본 셈이었다.

그리고 얼마 후 망치는 부호장의 명으로 마을의 전령이 되었다. 마을 일을 맡기엔 어렸으나 달음박질이 빠르다는 게 이유였다. 전령은 대장간 일보다 훨씬 할 만했다. 무엇보다 이따금 대장간에서 벗어날 수 있어 좋았고, 여기저기 쏘다니니 숨통이 트였다. 하지만 묶여 사는 신세는 마찬가지였다. 전령 일이 없을 때는 평소처럼 대장간에서 일을 거들며 기술을 배워야 했다.

망치는 아득히 보이는 월악산을 바라보며 멍하니 서 있곤 했다. 그런 망치를 불안스레 지켜보던 어머니가 어느 날 오금을 단단히 박았다.

"정신 차려, 이놈아! 네가 다시 도망질하면 아버지가 평생 절름발이로 살아야 해!"

망치가 조금이라도 철이 들었다면 아마 그 뒤부터일 것이다.

아침을 먹자마자 망치는 집을 나섰다.

"딴 데로 새지 말고, 퍼뜩 서찰만 전하고 와."

망치의 꼭뒤(뒤통수)에 대고 어머니가 잡도리했다. 어머니는 망치의 도망질 병이 도질까 봐 여전히 신경을 곤두세우고 있었다.

"야, 팔랑개비! 아침 댓바람부터 어딜 가냐?"

맞은편에서 사립문을 밀치고 나오던 달래가 시비조로 물었다. 팔랑개비는 워낙 날쌔게 돌아다녀 발이 바람개비 돌 듯 빠르다고 붙은 별명이었다.

"이런 엉덩이에 뿔 난 망아지 같은 계집애, 오라버니한테 말하는 본새 봐라. 네가 그건 알아서 뭐 하게."

망치도 퉁명스레 대거리했다.

"또, 또 오라비 타령! 그따위 소리 자꾸 하면 그 못생긴 코를 꽉 비틀어 버린댔지. 겨우 석 달 먼저 난 것 가지고, 가당찮게 무슨 오라비야."

달래가 망치의 코를 잡으려고 집게손을 들이댔다.

"아유, 네가 사내였으면 벌써 나한테 아홉 번은 뒈졌을 거다."

망치는 달래의 손을 탁 쳐 내고는 성큼성큼 걸었다. 앙칼진 달래의 대거리가 꼭뒤에 꽂혔다.

"흥, 내가 사내였으면 넌 내 발밑에서 아침마다 깨갱거리고 있을 거다."

망치는 히죽 웃었다. 사립문을 마주 보고 사는 이웃이지만 달래는 망치에게 유달리 쌀쌀맞고 사나웠다. 그래도 망치는 달래가 밉지 않았다.

큰가마실을 빠져나오면 노계천이다. 노계천 가장자리는 얼어 있었지만 가운데는 물길이 졸졸 소리를 냈다.

"야, 팔랑개비! 누가 잡아먹냐. 좀 천천히 가!"

달래의 외침이 꼭뒤를 때렸다. 망치는 잠깐 기다려 섰다가 한마디 쏘아 주었다.

"왜 강아지처럼 졸졸 따라오냐?"

"흥, 따라가다니. 내 갈 길을 네가 앞장서 간 거지. 누가 팔랑개비 아니랄까 봐 뒤도 한 번 안 돌아보고 내빼냐."

달래가 입술을 삐죽 내밀었다.

"어딜 가는데?"

"유학사. 이거 안 보이냐?"

달래는 감물색 보자기로 싼 뒤웅박을 들어 보였다.

"어유, 무거워!"

망치는 퉤, 침을 뱉고는 보자기를 낚아챘다.

달래는 사흘에 한 번꼴로 달래강 중수를 유학사로 배달했다. 달래강에서도 한가운데 석 자 깊이로 흐르는 중수가 가장 달고 맛있어서, 약을 달일 때나 찻물로 으뜸으로 쳐 주었다. 달래는 중수를 운학대사에게 떠다 드리고, 그 대가로 글을 배운다. 왜 그딴 걸 배우는지 망치는 이해할 수 없었지만 그런 달래가 고상하게 보이기는 했다.

"어, 모루 오라버니!"

달래가 손을 흔들자 노계천 섶다리에 걸터앉아 있던 모루가 일어섰다.

달래는 모루에겐 꼭 오라버니라고 불렀다. 망치는 그게 부럽고도 얄미웠다. 모루와 망치는 동갑내기지만 열 달이나 차이가 났다. 모루는 설을 지내자마자 태어났고, 망치는 동지 무렵이 생일이다. 게다가 모루는 덩치가 커서 두세 살 많은 형처럼 보였다.

그렇지만 어릴 적부터 철소의 골목대장은 망치였다. 전쟁놀이를 하든 뜀박질을 하든 싸움질을 하든 망치가 앞섰다. 모루는 힘은 세지만 재빠르고 억척스러운 망치를 당해 내지 못했다.

"둘이 여기서 만나 유학사에 가기로 약속했던 거야? 대체 무슨 꿍꿍이로?"

모루가 대답하려는 참에 망치가 가로막고 나섰다.

"계집은 몰라도 돼. 어서 가자."

망치는 뒤웅박을 싼 보자기를 모루에게 건네고는 모루의 등을 떠밀었다.

"말끝마다 계집, 계집. 야, 팔랑개비! 넌 어머니가 안 낳고, 아버지가 낳았냐!"

달래가 망치 뒤통수에 대고 악다구니를 퍼부었다. 그러거나 말거나 망치와 모루는 승강이하듯 앞다퉈 잰걸음을 놀렸다. 두 사람은 김윤후를 찾아가는 길이었다. 어제 모루가 살리타를 무찌른 이야기를 들어 보자고 설레발을 친 까닭이었다.

"아유, 오늘따라 모루 오라버니까지 왜 저런담? 유학사에 꿀단지라도 숨겨 놨나?"

달래도 걸음을 재촉했다.

아랫쇠골 가마터 주변 노천에는 붉은 철광석들이 널브러져 있었다. 거기를 지나 굽이를 돌아 오르면 철광석을 캐는 윗쇠골이다. 윗쇠골 돌은 힘들게 캘 것도 없이 대충 주워도 철 성분이 많은 좋은 철광석이라고 했다.

금세 윗쇠골을 지나 노루고개에 다다랐다. 여기서부터 능선길을 얼마간 타고 오르면 허물어진 토성이 나타난다. 토성을 지나 다시 오르막을 올라가면 산 중턱 양지바른 곳에 작은 절이 자리하고 있다.

"휴, 다 왔네. 엄청 서둘렀는데 평소보다 훨씬 먼 것 같지 않아?"

망치의 말에 모루가 뒤를 돌아보며 대답했다.

"그러게, 우리 먼저 내뺐다고 달래가 팩 토라지겠는걸."

유학사는 법당 한 채와 공양간이 딸린 요사채(절에서 스님들이 기거하는 집)가 전부인 작은 절이다. 스님이래야 주지인 운학과 행자(출가해 아직 수계를 받지 못한 수행자)인 도원뿐이고, 윗쇠골에 집을 둔 공양주 아낙네가 들며 나며 절간 살림을 돌보고 있다.

아담한 3층 석탑이 선 법당 앞에 도착하자 법당 문이 열렸다. 망치와 모루는 얼른 허리를 숙여 인사했다.

"오, 망치와 모루가 왔구나. 오랜만에 봐서 그런지 키가 훌쩍 컸구나. 모루는 단옷날 씨름판을 휩쓸겠는걸."

도원이었다. 도원은 부호장 어씨의 아들인데, 운학에게 불도와 학문을 배우고 있다.

"도련님, 스님께 전할 서찰이 있는데 어디 계십니까?"

철소민들은 도원을 여전히 부호장댁 도령으로 불렀다.

상호장 지씨와 부호장 어씨는 원래 한집안이었다. 지씨의 시조始祖인 지경은 송나라 학자로, 광종 때 사신으로 왔다가 평장사 벼슬을 받고 귀화해 고려 사람이 되었다. 그리고 그의 후손 지종해가 충원백忠原伯에 봉해지면서 자손들이 충주에 뿌리를 내렸다. 그의 또 다른 후손 가운데 겨드랑이에 잉어 비늘 같은 것이 달린 이가 있었는데, 그것을 전해 들은 황제가 그에게 어魚씨 성을 내렸다. 그가 바로 충주 어씨의 시조인 문화평장사 어중익이다.

그 후 지씨와 어씨 가문은 번성해 고려 곳곳에 뿌리를 내렸다. 하지만 그런 명문가도 충주에서는 힘 있는 귀족이 되지 못했다. 신라 시대부터 충주의 귀족인 유씨 가문이 황후를 배출한 뒤로 더욱 강력한 귀족으로 군림한 까닭이었다. 그래서 지씨와 어씨는 충주성 밖의 철소와 천민 부락인 부곡 몇 개를 다스리는 호족으로 대를 이어 가고 있었다.

"스님은 장군님과 월영정에 계실 테니 그리로 가 보아라."

도원의 말을 듣고 망치와 모루는 다시 길을 잡았다.

법당 앞을 지나면 요사채가 나오고 그 앞에 우물이 있다. 운학이 땅속 물길을 찾아내 판 우물은, 긴 가뭄에도 물이 마르지 않는다고 했다. 망치와 모루는 우물물을 한 바가지 떠서 마시고 걸음을 재촉했다.

고개에 올라서자 찬바람이 목덜미 땀을 서늘하게 훔쳤다. 망치는 가슴을 쭉 펴고 심호흡했다. 모루도 따라서 깊은숨을 내쉬었다. 모루가 그다지 힘들어하지 않는 게 망치는 의아했다. 늘 무거운 제 몸도 못 이겨 헐떡거리곤 했는데, 중수가 든 뒤웅박을 들고

서도 멀쩡해 보였다.

고개에서 모퉁이를 돌면 벼랑 쪽에 조그만 정자가 날아갈 듯 자리 잡고 있다.

"스님!"

망치가 인사를 하자 운학이 고개를 끄덕였다.

"망치가 온 걸 보니 무슨 소식을 가져온 게로구나."

"예, 상호장님 서찰입니다."

망치가 품속에서 봉투를 꺼내 내밀었다. 서찰을 읽은 운학이 김윤후를 바라보았다.

"사제를 하루 더 붙잡아 두라는군. 대접도 하고 싶고, 긴히 의논할 게 있다는데."

김윤후가 고개를 끄덕였고, 운학은 모루에게 눈길을 돌렸다.

"그건 달래의 뒤웅박 같은데, 어찌 네가 들고 왔느냐?"

모루는 눈길이 김윤후에게 매여 있어 대답을 잊었다. 그때 숨이 턱에 받친 달래가 간신히 내뱉었다.

"스니임!"

운학이 웃음을 띠며 고개를 끄덕였다. 달래가 모루에게서 뒤웅박을 낚아채 운학에게 바쳤다. 망치와 모루에게 헬끔 눈을 흘기는 것도 잊지 않았다.

"지금쯤 네가 올 줄 알았다. 그래서 이렇게 차를 우릴 준비를 하고 달래강 중수를 기다리지 않았겠느냐. 오늘은 네가 팽주(차를 우려 나누어 주는 사람) 노릇을 해 보려무나."

달래가 여전히 숨을 고르며 손사래를 쳤다.

"어찌 감히, 장군님도 계시는데. 저는 못 하옵니다."

평소의 달래답지 않게 몸을 뺐다.

"무슨 소리냐. 어제 불매소리도 마냥 잘하더니. 이건 그 일에 비하면 식은 죽 먹기란다. 차를 우리는 것도 중요한 가르침이니 내 말을 따르거라."

달래는 마지못해 정자로 올라가 보따리를 풀어 다구를 하나씩 펼쳐 놓았다. 운학과 김윤후 사이에 놓인 화로의 숯불을 뒤적여 불꽃을 키우고는 주전자를 걸었다. 그리고 달래강 중수를 채워 넣었다.

"망치와 모루도 이리 올라오너라. 곧 공양간에서 유과와 떡을 내올 테니 차와 더불어 요기를 하거라."

운학은 신분을 따지지 않고 누구나 살갑게 대해 주었다. 젊을 적엔 엄하고 까다롭던 상호장도 스승의 영향을 받아 성품이 너그러워진 것이라고 다들 이야기했다.

"야, 왜 안 올라와?"

정자에 올라 자리에 앉으려던 망치가 모루를 채근했다. 모루는 정자로 오르지 않고 털썩 무릎을 꿇었다.

"소인을 장군님의 군졸로 삼아 주십시오. 목숨을 바쳐 몽골 오랑캐와 싸우겠습니다."

뜬금없는 요청에 모두 어리둥절했다. 망치가 정자에서 내려와 모루의 등짝을 철썩 때렸다.

"야, 우린 평생 철소를 떠날 수 없는 몸이야. 정신 차려!"

모루는 아무 반응도 하지 않은 채 김윤후만 바라보았다. 운학이 싱긋 웃더니 김윤후를 보고 말했다.

"오늘 혹 하나 붙이게 될 거 같은데. 철소에서 가장 순한 모루가 이런 엉뚱한 청을 하다니, 쉽게 물리칠 수 없겠는걸."

김윤후는 고개를 끄덕였다.

"네 뜻을 알았으니 상호장께 말은 해 보마. 하지만 먼저 시험에 합격해야 한다."

"예, 장군님!"

모루는 벌써 군졸이라도 된 양 팔뚝을 들어 가슴에 대고 군례를 올렸다.

김윤후 장군의 군졸이라니, 망치는 어이가 없었다. 그러나 한편으로 묘한 감정이 일었다. 자신도 철소에서 도망치고 싶은 마음인데, 모루가 먼저 벗어나게 될까 봐 샘이 났다. 철소민이 군인이 되기는 예전보다 더 어려워졌지만, 장군의 힘을 빌린다면 가능할지도 몰랐다.

'이런 꿍꿍이가 있어 녀석이 어제부터 요란스럽게 설레발을 친 건가?'

그새 달래가 차를 우려 찻잔에 나누었다. 망치는 그런 달래가 귀족 아씨처럼 보여 딴사람인 듯 낯설었다.

"사제, 달래강 중수로 우린 차 맛이 아주 일품이라네. 맛을 보시게."

김윤후는 천천히 향을 들이마신 다음 한 모금 마셨다.

"오, 차 맛이 은은하니 좋습니다. 뒷맛 또한 그윽하게 오래가는군요. 사형이 이 조그만 절에 눌러사는 이유 한 가지는 분명히 알겠습니다."

"맞네. 내 이 맛에 여기서 텃새인 양 묻혀 산다네."

망치는 고개를 갸웃거렸다.

'참 이상하네. 이게 뭐 그리 대단하다는 거지. 그저 풀 내음만 나는구먼. 난 단술(식혜)이 훨씬 맛있는데.'

달래가 고개를 돌리더니 얼굴이 환해졌다. 절간 쪽에서 도원이 공양주 아낙과 더불어 나타났다.

"어머, 도련님."

달래가 달려가 도원이 든 팔각 소반을 받아 들었다. 공양주는 보따리를 풀어 얼른 상을 차리고는 돌아갔다.

"그럼 시험을 시작해 볼까."

적당히 다과를 즐긴 다음 김윤후가 정자 난간에 기대 놓았던 활을 손에 잡았다.

"오, 이 철태궁. 잘 간직하고 있었구먼."

운학이 활을 덥석 잡고는 감탄을 터뜨렸다.

"스승님의 유품을 어찌 소홀히 할 수 있겠습니까."

"그렇지. 우리가 백현원白峴院에서 함께 공부할 때 이 활을 서로 차지하려고 다투던 일이 엊그제 같네그려."

"예, 벌써 30년이 훌쩍 흘렀네요."

"처인성 소식을 들었을 때 자네가 이 활로 적장을 사살했을 거라고 짐작했다네. 그런데 지금 뭘 하려는가?"

김윤후는 활의 시위를 풀어서는 모루에게 내밀었다.

"활시위를 걸어 보아라. 이것이 첫 번째 시험이니라."

활을 처음 잡아 본 모루는 어쩔 줄 몰라 눈알만 이리저리 굴렸다. 그를 본 도원이 거들어 주었다.

"활 몸통 가운데 여기 손으로 쥐는 곳을 '줌통'이라 하고, 양 끝을 '양냥고자'라 한다. 시위 끝 고리는 '심고'라고 해. 심고 하나를 한쪽 고자에 건 다음, 무릎과 허벅다리로 줌통을 깔고 앉아 구부려서 맞은편 고자를 당겨 걸면 된다. 자, 해 보아라."

도원이 한쪽 고자를 걸어 활을 건네주자 모루는 씩 웃더니 이까짓 것쯤이야, 하는 투로 시위를 걸어 매려고 했다. 둥글게 펼쳐져 있던 부린활(시위를 풀어 놓은 활)이 얹은활(시위를 걸어 놓은 활)로 변했지만, 심고를 고자에 걸기는 만만치 않았다.

심고와 고자를 잡은 모루의 두 팔이 파르르 떨렸다. 조금만 더 힘을 주어 당기면 걸 수 있을 듯한데, 활은 강철처럼 탄탄해서 더는 굽혀지지 않았다. 아긋하게 걸릴 듯하던 심고가 팅 퉁겨 나기를 반복했다.

"야, 그것도 못 하냐. 내가 해 볼까?"

망치가 손을 내밀자 모루는 눈살을 찌푸리고는 다시 시도했다. 핏줄이 불끈불끈 일어서고 눈초리가 바들바들 떨렸다. 그러더니 기어이 시위를 걸어 냈다.

운학과 김윤후가 지그시 웃음을 지었다. 달래는 놀란 표정으로 손뼉을 쳤다.

"와! 나도 못 걸었는데, 모루 힘이 정말 대단하구나."

도원이 모루를 신기한 듯 바라보았다. 샘이 난 망치가 냉큼 끼어들었다.

"정말 이걸 걸면 장군님 군졸로 받아 주시는 겁니까? 제가 덩치는 작아도 출렁출렁 물살인 모루보다 힘이 세거든요."

망치의 넉살에 김윤후가 웃음을 지어 보이며 말했다.

"너는 이 시위를 풀어내면 합격시켜 주마. 그게 거는 것보다 좀 더 쉬우니까."

망치는 얼굴 가득 웃음을 띠고는 달려들었다.

"헤헤, 이것쯤이야."

줌통을 깔고 앉아 활의 양쪽 고자를 잡은 망치는 최선을 다했다. 하지만 활은 꼼짝도 하지 않았다. 오히려 자신의 몸뚱이가 튕겨 오를 것만 같았다. 온몸이 파르르 떨리다가 방귀가 뿡 나왔다.

그 바람에 정자는 웃음 도가니가 되고, 맥이 풀린 망치는 활을 놓아 버렸다. 큰 소리로 웃어 젖히는 달래가 망치는 퍽 얄미웠다.

"이 활은 고산 지방의 물소 뿔에 철심을 더해 만들어 철태궁, 또는 '철각궁'이라고 부른다. 사슴뿔로 만든 녹각궁이나 황소 뿔로 만든 향각궁은 비교할 바가 못 되지. 모루가 풀어 보아라."

활을 건네받은 모루는 단번에 시위를 풀어냈다.

"다시 걸어 보아라."

모루는 처음부터 힘을 다해 단번에 시위를 걸었다.

'언제부터 우리 힘이 이토록 차이 나게 되었지? 녀석이 나 모르게 대체 무슨 훈련을 한 거야?'

망치는 연신 고개를 갸웃거렸다.

두 번째 시험은 활쏘기였다. 60여 보 밖의 큰 소나무가 과녁이었다. 굵은 몸통의 소나무는 열 자 높이에서 사람이 양팔을 벌린 듯 갈라져 있었다.

"저 몸통에 세 발을 쏘아 한 발만 명중해도 합격이다."

김윤후는 모루에게 기본자세를 가르쳤다.

"두 발은 땅에 붙었다고 생각하고 호흡을 가지런히 해야 한다. 화살의 끝부분인 이 오늬를 시위에 끼운 뒤 힘껏 당겨 보아라."

김윤후는 모루에게 업힌 듯한 자세로 모루의 손을 함께 잡고 화살 한 발을 날렸다. 시위를 떠난 화살은 소나무 몸통에 정확하게 꽂혔다.

"이제 혼자 해 보아라."

모루가 시위에 화살을 메기고는 천천히 들어 올렸다.

핑.

첫 번째 화살은 터무니없이 빗나가 버렸다. 김윤후가 다시 모루의 자세를 고쳐 주었다.

"활은 팔과 손으로만 쏘는 게 아니다. 두 다리와 가슴과 어깨와 팔꿈치를 함께 써야 해. 손은 그저 활과 화살을 잡아 주는 것뿐이니라. 활을 잡은 손에서 시위를 잡은 손까지 이어지는 등힘이 일정해야 활이 흔들리지 않는다. 과녁이 가까우니 시위를 무리하게 당기지 말고 적당히 해도 된다."

자세를 가다듬은 모루가 두 번째 화살을 날렸다. 화살은 벌어진 소나무 가지 사이로 사라졌다.

"많이 좋아졌다. 자신감을 가지고 다시 해 보아라. 오늬를 놓을 때 줌통을 쥔 손이 퉁겨져서 위로 치솟은 것이다. 너무 꽉 쥐지 말고 부드럽게 해 보아라."

모루가 세 번째 화살을 메기자 망치는 입이 바짝 탔다. 한편으로는 모루가 성공하기를 빌고, 또 한편으로는 실패하기를 바라는 자신의 마음을 알 수가 없어 혼란스러웠다. 자신이 할 수 없는 걸 모루가 해낸다면 싸움에서 진 기분일 것 같았다. 그리고 자신을 남겨 둔 채 철소를 떠나는 모루를 지켜보는 건 상상만으로도 쓸쓸했다. 곁눈으로 보니 달래는 두 손을 맞잡고 기도하듯 모루를 보고 있었다.

핑.

세 번째 화살이 시위를 떠났다.

"와!"

달래가 손뼉을 쳤다. 정확하게 소나무 몸통에 박힌 화살이 파르르 깃을 떨었다. 김윤후와 운학의 얼굴에 웃음이 피어났다.

"저에게도 기회를 주십시오!"

망치가 불쑥 앞으로 나섰다.

"돌팔매질도 제가 잘하고 뜀박질도 제가 더 빠릅니다. 활도 더 잘 쏠 수 있습니다."

김윤후가 웃으며 고개를 가로저었다.

"철태궁은 시위를 걸 만한 힘이 없으면 쏠 수도 없다. 너도 또래에 비해 힘은 있어 보이나 아직 군인이 될 정도는 아닌 듯하구나."

기회조차 주지 않자 망치는 돌멩이를 하나 집어 빙글빙글 돌리다가 핑 날렸다. 돌멩이는 화살이 꽂힌 소나무 몸통을 때리고 떨어졌다. 돌팔매로 날아가는 꿩도 잡아 본 솜씨였다.

"허, 녀석 제법이구나. 하지만 이 활은 안 된다."

망치가 다시 억지를 부리려는 참에 달래가 황급히 소리쳤다.

"상호장님 오십니다."

자주색 두루마기를 걸친 상호장과 무사 차림의 부호장이 모습을 드러냈다. 지게에 짐을 잔뜩 짊어진 하인과 여종 하나가 뒤를 따랐다.

"너희 둘은 그만 가 보아라."

운학이 망치와 모루에게 말했다.

"모루는 시험에 합격했으니 네 뜻을 상호장 어른께 전하고 상의해 보마."

김윤후의 말에 모루는 군례를 올리고 물러났다.

비탈길을 내려오는 망치는 혼란스러웠다. 모루를 축하해 줘야 할 것 같은데, 시샘 또한 감출 수 없었다. 게다가 갑자기 모루가 철소를 떠나 버리면 너무 심심할 것 같았다.

"너 대체 나 몰래 무슨 짓을 한 거냐?"

툭 내던진 망치의 물음에 모루는 심드렁하게 대답했다.

"뭘 하긴. 그냥 뒷산 좀 오르고, 듬돌 좀 들었을 뿐이야."

망치는 믿을 수 없어 고개를 가로저었다. 군인이 되기로 작정하고 오래도록 준비를 단단히 한 게 분명했다.

"그나저나 어떡하냐, 내가 먼저 군인이 돼 버려서."

모루가 민망한 듯 웃으면서 말했다. 망치는 퉁명스럽게 톡 쏘아붙였다.

"그래, 너는 졸개나 해라. 이 몸은 장차 장수가 될 테니."

중앙탑 탑돌이

정월 대보름. 이날을 몹시 기다려 온 달래는, 며칠 동안 가슴이 설레고 부풀었다.

그러나 정작 대보름날은 싱겁기만 했다. 풍물패가 몰려다니며 지신밟기를 해도 신이 나지 않고, 잔치 음식 냄새가 동네를 흠뻑 적셔도 입맛이 없었다. 쥐불놀이며 연날리기로 들판을 쫓아다닐 나이도 아니고, 복조리를 들고 집집이 나물이며 오곡밥을 얻으러 다닐 나이도 아니니 영 심심했다. 망치라도 옆에 있으면 내 더위 사 가라, 더위팔기라도 하며 재미나게 놀 텐데.

'개똥도 약에 쓰려면 없다더니, 쳇.'

망치는 모루와 유학사에 머물며 도원에게 글을 배우라는 명을 받았다. 김윤후가 모루에게 간단한 문서는 알아보게끔 기본 글자를 익힌 다음 군영으로 오라고 한 까닭이었다. 그러자 부호장이 망치도 전령 노릇을 제대로 하려면 그 정도는 배워야 한다고 하여 그렇게 되고 말았다.

달래는 달래강 중수를 챙겨 유학사로 향했다. 도원의 얼굴이 바로 앞에 있는 듯 떠올랐다. 이어 제 이름자도 못 써서 회초리를 맞고 있을 망치와 모루를 생각하니 절로 웃음이 났다.

노계천 섶다리는 어른, 아이 할 것 없이 다리밟기로 분주했다. 보름날 다리를 잘 밟아 줘야 한 해 동안 다릿병이 나지 않는다고 한다.

'어, 도련님이!'

섶다리를 건너오는 도원이 구름을 밀치고 나온 보름달처럼 환하게 눈에 들어왔다. 걸음을 멈춘 달래는 가까워지는 도원을 멍하니 바라보았다. 그때 익숙한 목소리가 귀청을 때렸다.

"달래야, 이 오라비 더위 사라! 덤으로 모루 것까지 다 사라!"

아차, 늦어 버렸다. 왜 도원 도령만 보이고, 그 뒤에 선 망치와 모루는 눈에 들어오지 않았단 말인가. 조그만 망치는 안 보인다 쳐도 도원 도령보다도 큰 모루까지 보이지 않았다니, 잠시 넋이 팔린 게 분명했다. 얼결에 더위까지 사고 말았으니 달래는 바짝 약이 올랐다. 매년 약빠르게 먼저 더위를 팔았는데, 이번엔 당하고 만 것이다.

"달래도 다리밟기하러 왔니?"

"아뇨, 이거."

달래가 뒤웅박을 도원에게 들어 보였다.

"저런, 스님께선 글씨를 써 줄 게 있어 아침 일찍 탑사로 가셨는데."

맥이 빠진 달래는 뒤웅박 물을 섶다리 아래로 버리려 했다.

"아서라, 그거 날 다오. 차로 우려 마시게."

달래가 뒤웅박을 도원에게 건네자 모루가 얼른 받아 들었다.

"야, 팔랑개비. 네 이름자는 제대로 익혔냐?"

달래의 빈정거림에 망치는 가슴을 탕탕 치며 으쓱거렸다.

"흥, 이름자뿐이겠냐. 숫자와 천간 지지도 다 익혔다."

"풋, 그럼 팔랑개비 네 이름이 망할 망亡 자에 어리석을 치痴 자라는 것도 알았겠네."

"뭐야! 이 계집애가."

망치가 눈알을 부라리자 달래는 까르르 웃으며 도원 뒤로 숨었다.

"도련님께서 바랄 망望 자에 뜀박질을 잘한다고 달릴 치馳 자로 하라고 하셨다. 원하는 건 재빨리 달려가 잡으라고. 마음에 드냐, 이 엉덩이에 뿔 난 망아지야?"

망치가 금방이라도 한 대 쥐어박을 듯 종주먹을 치켜들었다.

"피, 내 마음에 들면 뭐 하냐. 내 신랑 이름도 아닌데."

말을 툭 던지고 보니 이상했다. 망치와 농지거리를 주고받으면서 신랑이라는 말을 내뱉다니. 순간 얼굴이 달아올라 달래는 두 손으로 볼을 감쌌다. 도원이 달래를 빤히 쳐다보았다.

"너희는 부대끼기만 하면 아웅다웅하더니, 가시버시(부부) 얘기까지 하는 사이였어?"

도원의 말에 귓불까지 빨개진 달래는 냅다 뒤돌아 달렸다.

"아휴, 내가 미쳤나 봐!"

세 사람의 웃음소리가 꼭뒤에 달라붙은 듯이 따라왔다.

짧은 해가 기울자 풍물패 소리가 철소를 진동했다. 철소민들이 큰가마실 마당으로 모여들었다. 달집태우기와 탑돌이를 하러 갈 참이었다. 행사는 대대로 중앙탑이 있는 탑실에서 이루어졌다. 철소민뿐만 아니라 중앙탑 인근의 여러 마을이 탑실에서 함께 대보름 잔치를 즐기는 건 3백 년도 넘은 전통이었다.

달래는 어머니가 만들어 준 새 치마를 입고 사립문을 나섰다. 첫 쇠 열기에서 상으로 받은 옥색 마포(삼베)로 지은 것이었다. 같은 천으로 댕기도 만들어 머리에 드리니 가슴에 보름달이 둥실 뜬 듯이 설레었다.

"엉덩이에 뿔 난 망아지, 소원 빌러 가냐?"

기다리기라도 한 듯 맞은편에서 망치가 톡 튀어나왔다.

"넌 성냥간(대장간의 사투리)에서 망치질이나 할 것이지 뭐 하러 나오냐?"

습관처럼 거친 대거리로 맞받아친 달래는 애써 마음을 가다듬었다.

'아아, 이러면 안 되지. 오늘은 마음을 곱게 써야 해. 팔랑개비랑 승강이질이나 해서는 안 돼.'

달래의 마음은 아랑곳없이 망치는 계속 이죽거렸다.

"달님한테 엉덩이에 뿔이나 안 나게 해 달라고 빌어라."

달래는 못 들은 척 잰걸음을 놓았다.

'으이그, 내가 참아야지.'

반응이 없자 고개를 갸웃거리던 망치가 다시 빈정댔다.

"어쭈, 새 옷까지 입었네. 댕기도 새것이고. 오늘 탑돌이에서 누구랑 약속이라도 한 모양이지."

'참자, 한 번만 더 참자.'

달래는 한숨을 내쉬었다.

"아하, 귀한 소원이라도 빌 모양이구나."

망치가 따라붙으며 치근덕거렸다.

"그래, 아주아주 귀한 소원을 빌 거니까 오늘은 제발 나 좀 건들지 말아 줄래."

달래는 최대한 차분한 말투로 대꾸했다.

"와, 귀한 소원이라고. 그게 뭔데?"

달래가 망치를 째려보았다.

"네가 알아서 뭐 하게?"

빤히 쳐다보던 망치가 기어이 달래의 부아를 터뜨리고 말았다.

"뭐 하긴, 이 오라비가 소원 이루도록 도와줄…. 아야!"

달래가 기어코 망치의 코를 잡고 비틀었다.

"팔랑개비 입에서 오라비 타령 안 나오는 게 내 소원이다!"

망치는 달래의 손을 쳐 내고는 웃음을 터뜨리며 내뺐다.

"달래 소원에 내가 나오는구나, 하하하!"

사방팔방에서 깃발과 풍물패를 앞세운 행렬이 중앙탑을 향했다. 강 건너 탄금대와 멀리 성내 사람들까지 모여들었다. 중앙탑 탑돌이는 충주 관내에서 가장 크고 흥겨운 축제인 까닭이었다.

중앙탑은 오색 천과 연등으로 꾸며져 화려하기 이를 데 없었다. 연등회를 주관하는 탑사가 올해는 무척이나 신경을 쓴 듯했다.

중앙탑으로 불리는 7층 석탑은, 신라가 삼국을 통일하고 100여 년 뒤에 세웠다. 충주는 나라의 중앙에 있어 예로부터 신라, 백제, 고구려가 치열하게 자리다툼을 하던 곳이다. 한때는 백제였다가, 또 한때는 신라였다가, 고구려가 다스린 적도 있었다. 더 이전에는 신라에 점령당한 가야의 유민流民들이 들어와 살기도 했다. 다인 철소에는 제철 기술이 뛰어난 가야의 후손이 많았는데, 달래네도 그런 가야계였다. 그렇게 따지면 망치는 고구려계, 모루는 백제계 후손이다. 충주의 귀족들은 대부분 신라계로, 양인들도 신라계가 많았다.

이렇다 보니 마을과 마을이 다투고 적대시하는 일이 잦았다.

그런 풍습은 통일이 되고 100년이 지나도 사라지지 않았다. 그래서 나라에서 탑을 세우고 화합을 도모했다. 탑을 세우느라 재물과 힘을 모으고, 탑돌이와 팔관회, 연등회 같은 큰 행사를 함께 치렀다. 그렇게 다시 100년쯤 흐르자 사람들은 비로소 가마 속 철광석처럼 하나로 녹아 어우러졌다. 그 영향은 충주뿐만 아니라 신라 전체에 미쳤다.

풍물 소리가 탑실 들판을 가득 채우고 하늘까지 울려 퍼졌다. 각 마을에서 온 풍물패가 경쟁하듯 중앙탑 둘레에서 풍물을 쳐 댔다.

해가 떨어지자 사람들이 강변에 세워 둔 커다란 달집 근처로 모여들었다. 강 건너 닭발산(오늘날의 계명산) 뒤가 희누렇게 밝아 왔다. 사람들이 옷매무시를 가다듬고 두 손을 모아 비손 자세를 갖추었다.

"계축년 정월 대보름, 달님 모셔라!"

상호장의 집이 있는 누암실 풍물패 상쇠가 소리쳤다. 그것을 신호로 상호장이 맨 먼저 횃불을 달집에 던져 넣었다. 이어 여러 마을의 호장들이 횃불을 던졌다.

화르르륵.

대나무와 생솔가지로 둘러싸인 달집 안은 마른 갈대가 가득했다. 짚이 불쏘시개가 되니 생솔가지와 대나무는 따닥따닥 요란한 소리를 내며 활활 타올랐다.

이윽고 정월 대보름달이 닭발산과 남산 사이로 황금빛 얼굴을 내밀었다. 사람들은 휘영청 떠오른 보름달을 바라보며 저마다 소원을 웅얼거렸다.

달래는 마음속으로 꾹꾹 다져 온 소원을 끄집어냈다.

"달님, 달님, 정월 대보름 달님! 그 옛날 강수 선생 부인의 소원을 들어주셨듯이 소녀의 소원도 들어주셔요."

다음 말은 누가 들을세라 더 작은 소리로 읊조렸다.

"도원 도련님과 가시버시가 되게 해 주셔요. 꼭, 꼭, 꼭 들어주셔야 해요."

지난해 봄, 초경을 치른 날 달래는 생각했다. 도원 도령의 각시가 되면 좋겠다고. 감히 오를 수 없는 나무라지만 강수 선생과 그 부인이 한 가닥 희망을 주었다.

강수는 충주 사람들이 여전히 존경하는 인물이다. 가야의 후손인 강수는 학문으로는 신라 제일이었다. 그 학문으로 당나라와 외교 문서를 잘 처리해 높은 벼슬도 받았다.

젊은 날 강수는 신분이 낮은 여인과 몰래 사랑을 나누었다. 상대는 탄금대 근처에 살던 대장장이의 딸이었다. 가야 귀족 출신인 강수의 부모는 몹시 반대했다. 하지만 강수는 부모를 설득해 결국 그 여인과 부부가 되었다.

훗날 강수는 공신이 되어 경주에 살았는데, 그가 죽자 나라에서 장례 비용을 넉넉하게 내려 주었다. 하지만 부인은 그것을 하나도 쓰지 않고 절에 시주해 남편의 명복을 빌었다. 이후 근근이 살아가던 부인의 소식을 안 나라에서 곡식을 내리려 하자 부인은 사양하면서 이렇게 말했다.

"저는 천한 몸으로 태어났으나 남편 덕에 나라로부터 많은 은혜를 입었습니다. 그런데 지금 남편은 가고 없는데 어찌 홀로 넘치는 대접을 받겠습니까?"

그 길로 부인은 고향 탄금대로 돌아와 여생을 마쳤다.

충주 사람들은 그런 강수와 부인을 지금껏 존경했다. 달래는 이러한 옛일에 희망을 걸었다.

도원은 철소민 누구에게나 친절했다. 철소에 와서 아이들과도 잘 어울리고, 어려운 사정을 알뜰히 보살펴 주었다. 환자가 있는 집에 약재를 구해 주고, 양식이 떨어진 집은 몰래 쌀자루를 넣어 주기도 했다. 달래는 그런 도원을 마음에 품은 것이었다.

그런데 달래가 그런 결심을 하고 얼마 뒤 날벼락 같은 일이 벌어졌다. 도원이 머리를 깎고 유학사로 들어가 버렸다.

달래는 포기하지 않았다. 운학에게 달래강 중수를 떠다 드리며 글을 배우기 시작했다. 도원과 짝을 이루려면 그 정도는 갖춰야 한다고 믿었다. 강수 선생의 부인도 대장장이의 딸이었으나 글을 익혔다고 했다. 지금까지 달래는 글자를 배우며 서예를 익히고 있지만 문장을 짓지는 못했다. 문장과 시를 지을 수 있게 되면 맨 먼저 도원에게 자신의 마음을 전해 볼 작정이었다.

활활 타오르던 달집이 서서히 스러지기 시작했다. 소원을 빈 사람들은 줄줄이 풍물패를 따라 중앙탑으로 옮겨 갔다. 달님에게 빈 소원을 탑을 돌며 단단하게 마음에 새기려는 것이었다.

"나무아미타불 관세음보살…."

탑돌이는 스님들의 인도로 시작되었다. 운학과 탑사 주지가 앞장서서 목탁을 치며 길을 열었다. 그 뒤를 스님들이 염불하며 따랐다. 그 가운데 도원만 정월 대보름 달님처럼 환하게 달래의 눈에 들어왔다.

"보름달 달빛 온 누리에 비쳐 중생들의 마음을 밝혀 진리를 깨닫게 하소서."

탑사 주지의 기원이 끝나자 본격적인 탑돌이가 시작되었다.

보름달이 중앙탑 너른 마당을 대낮인 듯 환히 밝혔다. 사람들은 저마다 소원을 염불처럼 새김질하며 탑을 돌았다. 몇 개의 원을 이룬 사람들은 강물이 소용돌이를 그리듯 빙빙 돌고 또 돌았다.

'도원 도련님이 학문을 닦고 속세로 돌아와 저와 가시버시를 이루도록 도와주셔요.'

달래는 걸음을 내디딜 때마다 소원을 되뇌었다. 도원이 학문을 익히기 위해 머리를 깎고 임시로 절에 머무는 것이지 스님이 되려고 한다고는 믿지 않았다. 무신들이 문신들을 떼로 죽이고 권력을 잡은 뒤 그런 일이 드물지 않은 터였다.

모루와 망치도 앞서거니 뒤서거니 탑을 돌며 비손을 했다. 모루는 김윤후의 군졸이 되었으니 소원을 절반쯤 이룬 셈이었다. 여전히 철부지로 보이는 망치도 철소를 벗어날 꿍꿍이를 꾸미고 있을지도 몰랐다. 그들을 포함한 수많은 이들이 저마다 소원을 빌며 중앙탑을 돌고 또 돌았다. 중앙탑은 높고 품이 넓어 그 많은 사람의 소원을 기꺼이 다 들어줄 듯했다.

보름달이 하늘 가운데를 지나자 철소민들은 강둑길을 따라 마을로 향했다. 혼기가 찬 처녀와 총각들은 탑돌이를 계속 이어 가고 있었다. 그들은 밤을 꼬박 새우고는 새벽이슬을 맞으며 돌아올 터였다. 더러 짝을 찾은 이들은 갈대숲에서 달콤한 시간을 보낼지도 몰랐다. 대보름 탑돌이에선 그러다가 진짜 부부가 되는 것도 흔한 풍속이었다.

'도련님과 함께라면 밤새 탑을 돌아도 좋을 텐데….'

보름달을 바라보는 달래의 얼굴엔 저절로 웃음이 그려졌다. 강수 부인이 그랬듯이 자신의 소원도 반드시 이루어질 거라고 굳게 믿었다.

목계나루

유학산 허리춤엔 진달래가 피어 산불이 난 듯 번져 갔다. 산 능선엔 철소민들이 개미 떼처럼 늘어서서 흙을 퍼 나르고 돌을 져 날랐다. 쇠부리 작업에 꼭 필요한 사람만 빼고 아이들과 노인들까지 동원한 큰 공사였다.

이번 공사는 상호장과 부호장이 김윤후와 의논해 시작하게 되었다. 상호장이 몽골군의 침략에 대한 대비책을 장군에게 물었고, 장군은 유학산에 산성을 만들기를 권했다. 마침 유학산에는 오래된 토성이 남아 있었다. 그것을 보수하고 돌을 더 쌓으면 피난처가 될 만하다고 했다.

농번기가 되기 전 부호장의 지휘 아래 산성 공사가 시작되었다. 수시로 들이치는 꽃샘추위와 싸우며 철소민들은 부지런히 성을 쌓았다. 그렇게 한 달이 지나자 지휘소를 갖춘 산성이 거의 완공

되었다.

아침 일찍 유학사로 온 달래는 법당에서 차를 우렸다. 운학과 부호장은 차를 마시며 산성에 대해 의논했다.

"불과 한 달 만에 이 역사役事를 해내다니 참 대단하시오."

운학의 말에 부호장이 고개를 가로저었다.

"아닙니다. 다 스님께서 도와주신 덕분입니다. 옛 토성 기초가 있어 그리 어렵지는 않았습니다. 이제 철판을 댄 성문을 달고, 배수로만 정비하면 되니 사나흘이면 끝날 것입니다."

"철소민을 지휘하는 품새가 군사를 다루듯 엄정하니 일이 척척 되는군요. 부호장은 무관으로 나가 군사를 지휘해야 하는데, 향리鄕吏로 세월을 보내기엔 참으로 아깝소이다."

부호장이 서둘러 손을 내저었다.

"어유, 과찬입니다. 10여 년 전에 전쟁에 나가 보았지만, 역부족이었습니다. 저한테는 다인철소를 지키는 일이 더 중요함을 깨달았고요."

그때 도원이 모루와 망치를 데리고 나타났다. 김윤후의 군영으로 떠나게 된 모루가 인사를 온 참이었다. 모두 자리에서 일어나 법당 밖으로 나갔다.

모루의 오른손에는 특이한 무기가 들려 있었다.

"오, 그것은 방개의 반월도가 아니냐. 잠시 줘 보려무나."

부호장은 모루의 창을 잡아 보더니 지그시 눈을 감았다. 그것은 대장장이였던 모루의 아버지 방개가 직접 만든 무기였다. 창날을 반달 모양으로 크고 날카롭게 만들어 '반월도'라고 불렀다.

10여 년 전, 부호장은 방개와 철소민 10여 명을 거느리고 전쟁에 나갔다. 그들 부대는 강화도로 가는 길목을 지켰는데, 방개는 전투 중에 몽골군의 화살을 맞고 바다로 떨어져 떠내려가고 말았다. 부호장은 방개의 반월도만 가지고 돌아와 가족에게 전했다.

"내 이럴 줄 알았다면 너에게 창술이라도 좀 가르쳐 줄 걸 그랬구나. 네 아비는 이 반월도로 오랑캐를 여럿 무찔렀다. 너도 잘 익혀서 큰 공을 세우거라."

부호장이 반월도를 돌려주자 모루는 땅바닥에 엎드려 큰절을 올렸다.

"낮에는 성을 쌓고 밤에는 글을 익히느라 고단했을 텐데, 할 만하더냐?"

운학의 말에 모루는 겸연쩍게 뒷머리를 긁적였다.

"성 쌓는 일보다 글 익히는 게 훨씬 힘들었습니다. 망치랑 같이 배우지 않았으면 아직 까막눈을 못 면했을 겁니다."

망치가 달래를 보며 어깨를 으쓱했고, 도원이 거들고 나섰다.

"맞습니다. 둘이 경쟁하게 하니 배우는 속도가 빨랐습니다. 흔히 쓰이는 글자는 익혔으니 어지간한 심부름은 곧잘 할 것입니다."

운학이 도원과 부호장을 번갈아 보며 말했다.

"아무래도 도원은 학문이 제 길인가 봅니다. 가르치는 재주는 나보다 윗길이에요."

부호장이 합장하며 받았다.

"다 스님께서 잘 이끌어 주신 덕분이지요. 제가 못 이룬 바를 자식을 통해 이뤄 보려고 욕심을 부렸는데, 이제라도 제 길을 찾은 듯하니 다행입니다."

부호장은 모루의 어깨를 짚고는 다시 한번 당부했다.

"모루야, 네 아비는 철소에서 가장 뛰어난 용사였다. 너도 군인으로 좋은 자질을 갖추고 있으니, 가서 장군을 잘 모시고 열심히 배우거라."

"예!"

모루가 반월도를 세워 든 채 군례를 올리고는 돌아섰다.

"잠깐만."

망치가 떠나려는 모루를 잡아 두고는 뒷머리를 긁적였다.

"저, 모루를 나루터까지만 바래다주고 오면 안 되겠습니까?"

부호장은 잠시 생각하더니 도원에게 명했다.

"요사채에 서찰을 써 둔 게 있으니 망치더러 김 창정에게 갖다주도록 해라. 그리고⋯."

부호장이 운학을 보며 말을 이었다.

"오늘 목계에서 큰 장을 볼 것입니다. 산성이 완공되면 잔치를 벌이려고 합니다. 스님은 필요한 게 없으신지요?"

큰 장은 철소민 모두를 위해 필요한 물품을 사는 것을 일컫는다. 운학이 달래를 보고 말했다.

"마침 종이와 먹이 떨어졌으니 네가 가서 적당히 골라 오너라."

"예, 스님."

혼자 떠날 줄 알았던 모루의 얼굴이 환해졌다.

달래나루에서 배가 떴다. 철물을 많이 실은 탓인지 배는 아주
천천히 물살을 밀고 나갔다. 지난해 만들어 둔 판장쇠와 철정에
다 새로 만든 것까지 다 실은 터였다. 철정은 두 뼘쯤 되는 막대
기 모양인데, 저울추 같은 세모꼴도 있다. 그것을 목계 국창國倉에
납품하고, 철소에서 쓸 물건들을 사 와야 했다. 대장간 대장 천둥
쇠와 대장장이들이 짐꾼으로 따라나서고, 철소의 창고와 살림살
이를 맡은 창정 김씨가 인솔했다.

"잘 있어라!"

이미 줄배를 타고 강 건너편에 도착한 모루가 손을 흔들었다.
달래와 망치도 두 손을 높이 들고 흔들어 주었다.

"잘 가, 오라버니!"

달래는 문득 속이 허우룩해졌다. 모루도 제 아버지처럼 돌아오
지 못할까 봐 걱정되기도 했다.

"허, 모루 녀석이 벌써 저렇게 커서 군인이 되다니. 전쟁이 나도
세월은 참 빨리 가는구먼."

천둥쇠의 말에 대장장이들도 한마디씩 보탰다.

"제 아비를 꼭 닮았으니 방개의 소망처럼 장교가 될 걸세."

"암, 방개가 살아 있다면 교위(50명 정도로 편성된 '오'라는 부대의 지휘관) 정도는 되고도 남았을걸."

망치는 멀어져 가는 모루에게서 눈을 떼지 못했다. 모루가 떠나는 것보다 자신이 떠나지 못한다는 사실이 더 서운했다.

"쳇, 빚도 못 갚았는데 먼저 가 버리다니…."

망치가 서운함인지 투덜거림인지 모를 말을 내뱉었다. 되새기고 싶지 않은 기억이지만, 달래는 망치가 모루에게 목숨을 빚진 장면이 떠올랐다.

3년 전 여름날이었다. 철소 아이들의 총대장을 정하는 겨루기가 벌어졌다. 망치는 큰가마실 대장, 모루는 작은가마실 대장이었다. 윗쇠골, 아랫쇠골 아이들도 있었지만 애초에 망치와 모루의 상대가 되지 않았다.

달래강 강변에서 둘의 맞대매가 펼쳐졌다. 뜀박질과 돌팔매질은 망치가 쉽게 이겼다. 팔씨름과 듬돌들기는 모루가 이겼다.

결판은 씨름에서 났다. 모두 모루가 이길 것으로 예상했으나 그 반대였다. 모루는 망치를 번쩍 치켜들었지만 메치지 못하고 헛심만 썼다. 얼굴을 대고 찰싹 달라붙은 망치는 내려서는 순간 재빠르게 다리를 넣어 낚시걸이로 모루를 넘어뜨렸다. 큰가마실 아이들은 망치를 목말을 태우고 환호성을 질렀다.

그렇게 망치가 철소 조무래기들의 총대장이 되었는데, 며칠 뒤 모루가 다시 대결하자고 제안했다. 총대장 겨루기에서 진 자존심을 세우고 싶은 모양이었다. 그래서 다른 아이들 모르게 하자며 증인 겸 심판으로 달래를 세웠다.

"좋아, 뭐든 덤벼 봐."

대결을 피할 망치가 아니었다.

셋은 달래강 한적한 곳으로 갔다. 모루가 내놓은 대결 종목은 엉뚱했다. 물속에서 숨 오래 참기, 즉 잠수였다. 빠르기나 손발의 재주로는 망치를 당할 수 없으니 꿍꿍이셈을 부린 것이다.

삑.

달래가 버들피리를 불어 시작을 알렸다. 한 손으로 코를 꽉 쥔 망치와 모루가 물속으로 폭 가라앉았다.

"하나, 둘, 셋, 넷, 다섯…."

달래는 열을 셀 때마다 갈댓잎을 하나씩 꺾어 놓았다.

갈댓잎 열 개가 쪼르르 놓였는데도 둘 다 물속에서 나올 기미가 없었다. 달래는 은근히 겁이 나기 시작했다. 열세 번째 갈댓잎을 꺾을 때 푸, 물을 내뿜으며 모루가 튀어 올랐다.

"망치 녀석, 아직이냐?"

모루가 얼굴의 물기를 훔치며 물었다. 달래는 고개만 아래위로 까닥였다. 패배를 확인한 모루는 털썩 주저앉아 한숨을 쉬다가 달래가 바닥에 늘어놓은 갈댓잎을 가리켰다.

"이거 몇 개야?"

"열두 개, 또…."

"그리고 얼마나 지났어? 더 안 셌어?"

"모, 몰라. 무서워. 어, 어떻게 해?"

모루의 눈이 등잔만큼 커졌다. 큰 강을 끼고 살다 보니 여름이면 물에 빠져 죽는 아이가 매년 한둘은 나왔다.

"망치야, 인마!"

모루가 다시 물로 뛰어들었다. 달래는 발을 동동 굴렀다.

"정신 차려, 눈 떠. 뜨라고!"

모루가 우격다짐으로 망치를 물 밖으로 끌고 나왔다. 몸을 흔들어도 망치는 꼼짝하지 않았다.

"큰일 났다. 어, 어쩌냐?"

달래가 소리쳤다.

"숨, 숨을 불어 넣어야지."

"아차, 그렇지."

그제야 모루는 망치의 턱을 당겨 숨길을 열고는 소리쳤다.

"내가 가슴을 누를 테니까 숨을 불어 넣어, 어서!"

모루가 달래를 망치 앞으로 밀쳤다. 달래는 엉겁결에 망치의 입에 자신의 입을 대고 훅훅 숨을 불어 넣었다. 모루는 망치의 가슴을 눌렀다 떼기를 반복했다.

순간, 망치가 벌컥 물을 토하며 진저리를 쳤다.

"야, 살았냐? 괜찮냐?"

물을 한 번 더 토하고 난 망치가 내뱉은 말은 황당하기 짝이 없었다.

"내가 이겼지?"

모루는 망치를 얼싸안았다.

"그래그래, 네가 이겼다. 이겼어. 고맙다, 살아나 줘서. 정말 고맙다."

망치는 물속에서 버드나무 뿌리를 잡고 매달려 있다가 정신을 놓아 버리고 말았다. 고집 세면 미련하다더니 꼭 그 짝이었다.

그 일은 셋만 아는 비밀이 되었다. 그 후로 모루는 망치와 겨루기 따위는 하지 않았고, 뭐든 망치에게 양보했다. 망치는 여전히 짓궂은 짓을 일삼았지만 모루는 갑자기 철이 든 듯 의젓해졌다.

'그랬나 봐. 그랬던 거야.'

그때부터 모루가 군인이 될 훈련을 시작했다는 것을 달래는 이제야 알아차렸다.

나루를 떠난 배가 달래강과 남한강이 만나는 탄금대에 이르렀다. 벼랑 위에 제비처럼 앉은 탄금대 정자가 눈에 쏙 들어왔다. 그 주변을 장식한 끝물의 개나리와 진달래가 바람에 꽃송이를 하르르 벼랑 아래로 떨구었다.

700년 전, 우륵이 가야금을 타며 노래하던 곳이 바로 저 탄금대다. 강물이 굽이쳐 흐르는 모습을 바라보며 가야금으로 나라 잃은 슬픔을 달랬기에 '탄금대彈琴臺'라는 이름이 붙었다.

달래는 가야금 소리를 들으면 언제나 가슴 깊은 곳이 아릿했다. 아버지에게 불매소리를 익히면서 음률에 귀가 열린 뒤부터였다. 달래는 마른 땅에 물이 스미듯이 쉽게 가야금의 음률에 빠져들었다. 유학사에서 운학의 가야금 연주를 훔쳐 듣노라면 저도 모르게 딴 세상으로 빨려드는 것만 같았다.

달래는 언젠가 꼭 가야금을 배워 보고 싶었다. 아니, 마땅히 배워야 한다고 생각했다. 제 몸에는 우륵과 같은 가야인의 피가 흐르고 있지 않은가.

"어멋!"

탄금대와 가야금 생각에 넋을 놓고 있던 달래가 중심을 잃고 허둥거렸다. 몸이 배 바닥으로 엎어지려는 순간 망치가 허리를 붙잡았다.

"정신 차려라. 용트림 여울이다."

달래강과 남한강이 만나 세찬 소용돌이를 만드는 용트림 여울로 배가 접어든 참이었다. 작은 배는 뒤집힐 수도 있는 위험한 곳이다. 철물을 가득 실은 큰 배가 기우뚱거릴 정도였다.

"어이쿠!"

아낙 몇이 넉장거리로 벌렁 자빠져 속치마를 보이며 소리를 질렀다. 남정네들은 와자하게 웃음을 터뜨렸다. 아낙들처럼 망신을 당할 뻔했다고 생각하니 달래는 아찔했다.

"이거 놔. 안 자빠질 테니."

용트림 여울을 벗어나자 달래는 망치의 손을 거칠게 밀어냈다.

"뿔 난 망아지 같은 계집애, 고맙다고 하면 엉덩이에 뿔 하나 더 나냐?"

아닌 게 아니라 배가 여울을 벗어나는 동안 계속 흔들렸다. 망치가 아니었으면 넘어졌을지도 몰랐다. 그래도 달래는 고맙다고 말하기는 싫었다.

'팔랑개비 녀석이 제법 쓸모가 있네.'

기껏 속으로 생각해 주는 게 달래로서는 최선의 호의였다.

오대산 깊은 골짜기에서부터 정선, 영월, 단양을 거쳐 흘러온 강물을 타고 배는 순탄하게 미끄러지며 나아갔다. 중앙탑을 지나고, 다시 굽이를 돌자 목계나루가 보였다.

장태산이 물굽이를 가로막아 물살을 완만하게 만드는 그곳은 남한강에서 가장 큰 나루터다. 동해의 해산물과 조령과 죽령을 넘어온 농산물과 옷감, 그리고 목재용 뗏목까지 한자리에 모여들어 큰 시장을 이루니 목계나루는 언제나 사람이 와글거리고 온갖 물품으로 넘쳐 났다.

국창 앞으로 배를 댄 창정은 철정을 상자째 관리에게 넘겨주었다. 그 쇠들은 배에 실려 곧장 여주를 지나 강화도로 갈 터였다. 예전 같으면 황도(개경, 지금의 개성)로 갔겠지만, 몽골의 침략으로

60

조정을 강화도로 옮긴 까닭이었다.

납품을 마친 철소민들은 철정을 나눠 들고 장보기에 나섰다. 철정은 돈과 마찬가지여서 어떤 물건이든 바꿀 수 있었다.

달래는 지물포로 가서 종이부터 샀다. 얇으면서도 반질반질하고 질긴 것을 골랐다. 향이 좋고 단단한 먹도 한 동(열 개) 샀다. 망치가 철정을 담은 보퉁이를 메고 따라다니며 계산했고, 산 물건도 들어 주었다.

지물포 앞에 방물장수 노파가 있었다. 화려한 노리개와 분, 연지, 거울, 빗 등을 팔고 있었다.

"와, 참 이쁘네요. 이런 건 철정을 몇 개나 줘야 살 수 있어요?"

자개 분합을 집어 든 달래는 침을 꼴깍 삼켰다. 한 손에는 손거울을 들고 얼굴을 비춰 보았다. 입술에 연지를 바르고 볼에 분을 칠하는 상상만으로도 기분이 좋았다.

방물장수는 달래를 보면서 고개를 절레절레 흔들었다.

"아서라, 그건 너를 팔아도 못 산다. 귀부인들이나 쓰는 거란다. 어서 곱게 내려놔라."

달래는 시무룩한 표정으로 자개 분합을 내려놓았다. 그때 망치가 버럭 성질을 부렸다.

"그게 무슨 망발이에요. 사람을 팔아도 못 산다니. 우리 달래야말로 황금을 주고도 못 산다고요."

방물장수가 눈을 치뜨고는 소리쳤다.

"아니, 쥐방울만 한 녀석이 어른한테 망발이라니! 너 집이 어디냐? 옳거니, 철정을 들고 다니는 걸 보니 천한 철소 녀석이구나."

망치의 눈이 부엉이 눈알만큼 커졌다.

"천한 철소 녀석이라니요. 우리는 노비 같은 천민하고는 달라요. 원래 양인이라고요!"

방물장수는 느물거리며 놀리듯이 말했다.

"이놈이 어디서 눈을 부라려. 맘대로 옮겨 살지도 못하고 철소에서 돌이나 캐면서 쇠 두드리는 일을 자손 대대로 해야 하는데, 그게 천민하고 다를 게 뭐냐. 오히려 천민만도 못하지."

그 말은 사실이었다. 원래 철소민은 양인이었으나 도망자가 늘어나자 관에서 천민으로 묶어 놓았다. 기술자가 빠져나가는 걸 막기 위해서였다. 그렇다 해도 철소민들은 원래 양인이고, 기술자라는 자부심이 있었다.

"우린 쇠를 만드는 공장工匠이라고요. 우리가 없으면 누가 호미, 곡괭이, 가래를 만들어 농사를 지어요? 또 어떻게 창칼을 만들어 오랑캐랑 싸울 건데요?"

망치가 거칠게 삿대질하자 방물장수는 슬며시 꼬리를 내렸다.

"이놈아, 말이 그렇다는 거지 누가 너를 진짜 천민이라고 했냐. 그래그래, 너희가 나라에 공이 제일 많은 공장이다, 공장. 됐냐?"

달래가 씩씩대는 망치의 옷소매를 붙잡았다.

"야, 왜 그래? 어서 가자, 늦으면 창정님한테 혼나."

달래에게 끌려가던 망치가 고개를 돌린 채 소리쳤다.

"다음에 그거 사러 꼭 올 테니 팔지 말아요!"

달래는 망치의 옷소매를 잡아끌고는 그곳을 벗어났다.

망치는 한참 동안 불뚝성을 참지 못한 채 씩씩거렸다. 달래는 그 모습이 우습기도 하고 조금은 미덥기도 했다. 그런데 가만히 생각해 보니 슬며시 부아가 났다.

"야, 팔랑개비. 어째서 나를 두고 우리 달래라고 하냐?"

잠시 말문이 막혔던 망치가 버럭 소리를 질렀다.

"한 동네서 마주 보며 사는 사인데, 우리 달래라고 해도 되지. 이 오라비가 못 할 말이라도 했냐?"

오라비라는 말에 달래가 집게손을 치켜들자 망치는 얼른 도망쳤다. 달래는 피식 웃음을 머금었다.

철소민들이 다시 배에 올랐을 때는 하늘과 강물에 노을빛이 번지기 시작했다.

남산성

충주 부사 집무실에 모인 사람은 모두 여섯이었다. 부사와 군사 책임자인 판관, 충주 호장들의 우두머리인 수호장 유씨, 그리고 산성방호별감 김윤후와 그의 부관인 창정 최수가 탁자에 둘러앉았다. 김윤후의 말고삐를 잡고 따라온 모루는 보초처럼 선채 귀를 기울였다.

"왕위 계승 문제로 내분이 일어나 몽골군이 한동안 고려를 넘보지 않았는데, 올해는 쳐들어올 거라고 하셨소?"

부사의 물음에 김윤후는 낮지만 단호하게 대답했다.

"내분이 가라앉았으니 분명 쳐들어올 것입니다. 그래서 조정에서도 절간에 있는 저까지 불러내 여기로 보낸 게 아니겠습니까. 아마도 이번엔 대규모 병력이 투입될 것입니다."

고개를 끄덕이던 부사가 다시 물었다.

"그게 언제쯤이겠소?"

"늘 그랬듯이 알곡이 여물 무렵일 것입니다."

부사의 표정에 짜증이 어렸다.

"세곡稅穀을 걷기도 난처하게 왜 하필 그때랍니까?"

김윤후의 설명이 이어졌다.

"놈들은 식량을 대부분 현지에서 조달합니다. 그래서 일부러 들판이 누릇누릇해지기를 기다렸다가 쳐들어오지요. 거기엔 관청에서 세곡을 못 걷게 만들려는 속셈도 있습니다. 그러니 길목을 차단하여 최대한 진격을 늦추고, 서둘러 추수하여 산성으로 들어가야 할 것입니다."

부사는 지휘봉을 가로저었다.

"아니 되오. 예전처럼 충주성에 결집하여 싸우는 것이 좋겠소."

집권 세력인 최씨 집안사람인 부사는 늘 무인임을 뻐기는 이였다. 패기 만만한 젊은 판관이 부사의 말에 맞장구를 쳤다.

"충주성은 그 어느 성보다 높고 튼튼합니다. 군사들도 소관(관리가 자기를 낮추어 이르는 말)이 강군으로 단련시켜 놓았으니 문제없습니다. 성을 지키다가 틈을 보아 기습하여 단숨에 놈들을 달래강으로 밀어 넣으면 승리할 수 있습니다."

최수가 눈살을 찌푸렸다. 그는 수호장이 김윤후에게 붙여 준 어느 고을의 창고 담당 관리였다.

"수호장께서는 어찌 생각하십니까?"

부사와 젊은 판관이 패기를 앞세우니 김윤후는 수호장에게 물었다. 환갑이 훌쩍 지난 수호장 유씨는 실질적인 충주의 권력자였다. 상호장이나 수호장은 같은 말이지만 충주 관내에서 수호장으로 불리는 이는 유씨뿐이었다. 상호장 중에서도 우두머리라는 뜻이었다. 충주의 향리나 백성들은 부사보다 수호장을 더 두려워했다. 황후를 낸 집안으로 오래도록 권세를 누려 온 까닭이었다.

작은 눈을 깜짝이던 수호장이 입을 열었다.

"처음부터 산성으로 피하면 군사들과 백성들의 사기가 크게 떨어질 것입니다. 적의 세력이 예상보다 강하면 산성으로 피하고, 해볼 만하면 읍성에서 싸우는 게 여러모로 유리할 것이오."

수호장 또한 자신의 재산이 있는 충주성을 우선으로 지킬 생각인 듯했다. 부사는 서둘러 결론을 내렸다.

"그럼 읍성을 지키는 걸 최우선으로 하고, 위태로우면 산성으로 피하고, 그것도 안 되면 험준한 월악산으로 옮깁시다. 수호장은 군량을 점검해 주시고, 판관은 무기와 양반 별초(정규군이 아닌 임시로 편성한 특별 부대)를 점검하게. 그리고 장군은 남산의 산성을 보강하고 잡류군(관청의 잡일꾼으로 꾸린 군대)을 훈련하여 주시오."

김윤후가 가볍게 손을 가로저었다.

"남산성보다는 대림산성이 좋습니다. 남산성은…."

판관이 말을 끊고 나섰다.

"대림산성은 읍성에서 멀어 연계 작전이 어렵고 보급로가 끊어지기 십상입니다. 또한 대림산은 가팔라서 산성을 쌓기 어렵습니다. 반드시 남산성이어야 합니다."

수호장도 판관의 손을 들어 주었다.

"판관의 말이 옳습니다. 남산성은 우리가 해마다 보수하여 크게 손볼 데도 없고, 물자를 이동하기도 편합니다. 북문에서 내려다보면 이곳 충주성 안팎이 훤히 보여 서로 연락하기도 쉽지요."

김윤후는 두 사람을 번갈아 쳐다보다가 물었다.

"산성 전투에서 가장 중요한 것이 뭐라고 보십니까?"

판관이 대답했다.

"그거야 충분한 군량과 보급로 확보가 아니겠습니까?"

김윤후는 고개를 가로젓고는 대답했다.

"아닙니다. 산성에서는 군량이나 보급로보다 물이 더욱 중요합니다. 물이 없으면…."

판관이 웃으며 김윤후의 말을 끊었다.

"하하하, 그렇다면 걱정 붙들어 매시지요. 남산성에 큰 연못이 있는데, 장군께서는 모르시는가 봅니다."

모루는 속이 탔다. 김윤후는 최수와 모루를 대동하고 산성과 주변 산을 손금 보듯이 살폈다. 그런데 어찌 그 중요한 것을 장군이 모르겠는가.

김윤후가 다시 설명했다.

"그 연못은 비가 와 고인 것이라 가뭄이 들면 소용없소. 그에

반해 대림산성의 우물은 깊은 데서 솟아나 겨울에도 얼지 않으니 긴 전투에 유리합니다. 그곳에서 적과 싸우도록 해 주십시오."

수호장은 탐탁지 않은 눈치였다. 부사는 곰곰 생각하다가 탁상을 탁, 치며 결론을 맺었다.

"남산성은 여기서 깃발 신호만으로도 연락이 가능하고, 읍성이 위험하면 언제든지 거기로 피할 수 있소. 그러니 그곳을 잘 정비하고 연못을 하나 더 마련하여 대비하도록 하시오."

묵묵히 듣고 있던 최수가 반대하고 나섰다.

"대림산성 정상에 봉수대가 있으니 그것으로 연락하면 됩니다. 또한 대림산성 앞은 달래강이 있어 입구가 매우 좁습니다. 한꺼번에 대군이 올라올 수 없으니 그곳에서 싸우는 게 병법상 절대적으로 유리합니다."

판관이 큰 소리로 최수를 윽박질렀다.

"여기가 어디라고 창고지기 따위가 감히 병법을 들먹이는가! 읍성이 위험하면 산성에서 즉시 지원할 수가 없지 않은가?"

부사와 판관은 최수를 대놓고 무시했다. 최수가 눈을 부릅뜨며 따지려 하자 김윤후가 고갯짓으로 말렸다. 결국 전쟁의 승패보다는 읍성의 안전을 고려한 방책으로 사안은 정리되었다. 부사와 판관은 산성을 읍성의 방호벽 정도로 여기고 있었다.

수호장이 김윤후를 넌지시 달랬다.

"부사께서 결정하셨으니 일단 그렇게 따르시지요. 아직 적의 규

모를 모르거니와, 적이 꼭 충주를 친다는 법도 없지 않소."

남산에 연못을 또 하나 만들 생각에 모루는 벌써부터 허리가 뻐근해지는 것 같았다.

아침부터 뻐꾸기가 울어 댔다. 농사철이면 어김없이 찾아오는 뻐꾸기는 스스로 둥지를 틀지 않고 다른 새의 둥지에 몰래 알을 낳아 키운 뒤 가을이 되면 새끼를 데리고 남쪽으로 떠난다. 바람에도 후텁지근한 기운이 실려 있어 여름이 다가오는 게 몸으로 느껴졌다.

남산성에 무기고를 마련했으니 이제 막사를 지을 차례였다. 오늘 작업은 남문 쪽에 봐 둔 막사 자리로 가야 했다. 그런데 아침을 먹은 다음 장군은 다른 명령을 내렸다.

"오늘은 배수로를 점검하고 무너진 물구멍들을 고치도록 하게."

최수는 장군에게 군례를 올리고는 군막을 나섰다. 모루도 최수를 따라나섰다.

"모루는 손님이 오실 테니 여기 남거라."

"예!"

군막 밖에는 충주 관내의 노비들로 구성한 노군奴軍이 기다리고 있었다.

"저를 포함해 마흔 명밖에 안 되네요."

최수와 같은 마을 호장의 종인 송골매가 인원을 보고했다.

충주성 관내엔 호장이 스물여섯 명이었다. 호장 한 명당 일꾼을 네 명씩 보내기로 했는데, 대부분 한두 명씩 왔고 보내지 않은 마을도 있었다. 호장들이 자기네 농사일을 우선한 까닭이었다.

"오늘은 산성 남문에서 동문까지 배수로를 점검하고 물구멍을 고칠 것이다. 전체, 동문을 향하여, 출발!"

최수의 명에 노군이 발을 맞추어 이동했다. 큰 상단의 호위 무사였던 최수는 무술과 지휘에 모두 뛰어났다. 모루는 그런 최수를 상관으로 잘 따랐다. 그도 모루에게 짬짬이 창술과 수박(주로 손을 써서 공격하거나 수련을 하는 전통 무예)을 가르쳐 주었다.

얼마 후 모루는 손님을 맞으러 남문으로 나가 산을 내려갔다. 곧 아래쪽 굽이에 누군가 나타났다. 모루는 소리치며 달려갔다.

"스님! 망치야!"

망치가 눈을 크게 뜨고 달려와 얼싸안았다.

"군복이 썩 잘 어울리는구나. 훈련은 받을 만하냐?"

운학의 물음에 모루가 반월도를 들어 보이며 대답했다.

"창술과 수박은 할 만한데, 궁술과 검술은 너무 어렵습니다."

망치의 눈이 커졌다.

"와! 창술과 수박에 궁술과 검술까지 익힌단 말이야. 그걸 다 장군님이 가르쳐 주는 거야?"

"아니, 창술과 수박은 창정님한테 배우고, 장군님은 궁술과 검술을 가르쳐 주셔."

모루는 망치에게 좀 으스대고 싶었다. 망치도 지지 않았다.

"나도 부호장님한테 수박을 배워. 전령은 말을 잘 타야 한다면서 말타기도 배우라고 하셨어. 철소도 틈만 나면 군사 훈련이야."

남문 목책 앞에 이르자 망치가 고개를 절레절레 흔들었다.

"유학산성은 작아도 철판을 입힌 튼튼한 문을 달았는데, 이런 목책으로 몽골군을 막을 수 있겠어?"

모루가 지지 않고 대거리했다.

"야, 거기는 명색이 철소의 산성이잖아. 그리고 적군을 문이 막냐, 사람이 막지. 한 놈도 통과 못 하게 할 테니 두고 봐라."

모루가 목책 옆에 반월도를 짚고 우뚝 서서 가슴을 쫙 폈다. 그때 뒤에서 발소리가 들렸다. 김윤후였다.

"어서 오십시오, 사형. 오시기만 기다리고 있었습니다."

"산성은 꽤 튼튼해 보이는데, 쓸 만한 인재는 좀 있던가?"

운학의 물음에 김윤후가 대답했다.

"창정이 꽤 쓸 만합니다. 장수가 될 만한 무인인데, 상단 출신이라고 창고지기로 삼아 저한테 붙여 주네요."

운학이 고개를 끄덕였다.

"천리마로 쥐를 잡게 한다더니, 충주 관리들의 한심함을 알 만하군. 그래도 좋은 재목이 있다니 다행이구먼."

김윤후가 운학을 북문으로 안내했다. 가파른 북문 비탈을 오르면 남산 정상이라 사방이 훤하게 트여 충주성이 환히 내려다보였다. 동남쪽으로는 뾰쪽하게 솟은 월악산 영봉 위로 구름이 한 가롭게 흘렀다.

정상에서 사방의 산세를 살펴본 운학이 한 지점을 찍었다.

"북문 비탈은 바위가 많고 너무 가팔라서 수맥이 있을 수 없고, 저쪽 남문과 동문 사이 골짜기로 가 보세."

일행은 운학을 따라 동문 골짜기로 내려갔다.

운학은 남문과 동문 사이 능선에서 좌우를 가늠해 보더니 소매 속에서 두 갈래로 뻗은 버드나무 가지를 꺼냈다. 그것을 양손 엄지와 검지로 가볍게 잡고는 가슴 앞으로 내밀고 천천히 걸었다. 몇 걸음 걸으니 손에 든 버드나무가 고개를 살짝 숙였다. 김윤후가 그곳에 주먹만 한 돌을 놓았다. 운학은 몇 걸음 더 내려가서 같은 동작을 되풀이했다. 이번에도 버드나무가 고개를 숙인 곳에 김윤후가 돌을 갖다 놓았다. 모루와 망치는 영문을 몰라 고개를 갸웃거렸다.

운학이 말문을 열었다.

"물길의 방향은 돌과 돌을 잇댄 선이고, 그 가운데 물기운이 왕성하니 파면 물이 나올 걸세. 두 물줄기가 만나는 곳인데도 물뿌리가 크지는 않네."

김윤후의 입가에 웃음이 그려졌다.

"천만다행입니다. 사형 덕분에 큰 시름을 덜었습니다."

운학이 찍은 자리는 연못에서 쉰 걸음쯤 떨어진 곳이었다.

"이곳을 파면 물이 졸졸 나올 테니 샘으로 만들게. 연못이 마르거나 얼 때 이 물을 쓰면 될 걸세."

김윤후가 크게 고개를 끄덕였다.

"그럼 샘과 연못 사이에 막사를 마련하면 적당하겠군요. 역시 사형의 오묘한 재주는 감히 흉내 낼 이가 없겠습니다."

그제야 모루는 막사 짓는 일을 미룬 까닭을 알아챘다. 무엇보다도 가뭄이 들거나 연못이 얼어도 물이 솟아난다니 안심이었다.

"버드나무 가지로 물길을 찾다니 저한테도 가르쳐 주십시오."

망치가 다짜고짜 엎드렸다. 운학이 빙긋 웃음을 흘리자, 김윤후가 망치의 뒷덜미를 잡아 일으켰다.

"이놈아, 이건 가르쳐 준다고 할 수 있는 게 아니야. 지기와 천기를 통해야 하니 말로는 설명도 못 해. 나도 못 하는 걸 네가 어찌하겠느냐?"

망치가 큰 소리로 대꾸했다.

"저는 할 수 있습니다!"

망치가 뜬금없이 소리치자 운학과 김윤후가 너털웃음을 터뜨렸다. 모루가 다 민망스러울 지경이었다. 하여튼 망치의 고집과 배짱은 알아줘야 한다.

금당협 첫 승리

김윤후의 예상은 정확하게 맞아떨어졌다. 여름 더위가 꺾이자 몽골군이 몰려왔다.

몽골군의 총사령관은 황제의 숙부인 '야굴'이라고 했다. 아모간과 홍복원이 뒤따랐고, 스스로 길잡이로 나선 자는 이현이었다.

원래 고려 서경(오늘날의 평양) 무관이던 홍복원은 전쟁 초기부터 몽골군에 투항해 붙은 자로, 매번 침략 전쟁의 선봉에 섰다. 그 공으로 항복한 고려 백성들을 다스리는 고려군민장관 벼슬까지 받아 막강한 권력을 행사했다. 이현 또한 고려 사람인데, 몽골에 사신으로 가서 머무는 동안 조국을 배반했다.

이미 몇 차례 침략을 받은 고려군은 맥없이 무너졌다. 몇 군데 성은 싸우지도 않고 항복했다는 소식이 날아들었다.

김윤후는 그동안 훈련한 결사대를 집합시켰다.

"몽골군은 이삼백 명씩 소부대로 움직이면서 주현군(각 지방의 주, 현에 둔 군대)을 쳐부수고 곡식을 약탈한다. 우리가 대군을 맞상대하기는 어려우나 소부대 정도는 기습하면 깨부술 수 있을 것이다."

김윤후는 산성 공사 틈틈이 노군 중에서 힘과 용기 있는 이들을 뽑아 특별 훈련을 시켰다. 그리하여 결사대 25명으로 1대를 만들고, 장차 하급 장교 노릇을 할 수 있도록 지도했다. 그 안에 모루도 끼어 있었다.

"저들은 지금은 소부대로 움직이지만 충주에 집결하여 경상도로 넘어가려 할 것이다. 그들의 진격을 늦추어 추수할 시간을 벌어야 한다. 무리한 전투는 피하고, 빠르게 치고 빠져 적을 혼란스럽게 하면 충분히 승산이 있다. 알겠는가, 최 대장?"

김윤후의 눈길이 결사대의 대장이 된 최수를 향했다.

"명심하겠습니다."

최수가 부리부리한 눈을 빛내며 군례를 올렸다.

달래나루에서 배에 오른 결사대는 목계를 거쳐 밤새 여강나루에 도착했다. 그리고 곧장 보금산과 우두산 능선을 타고 고래산에 올랐다. 고래산은 여주와 원주, 춘천으로 통하는 길목을 살필 수 있는 중요한 지점이었다.

말린 누룽지를 아침으로 먹고 물을 마실 때, 북쪽 산마루에서 있던 보초가 급히 달려왔다.

"대장님, 놈들이 나타났습니다."

최수는 물주머니를 손에 든 채 달려갔다. 전령 송골매와 모루가 뒤를 따랐다.

송골매가 다시 적진을 유심히 살폈다. 그는 시력이 좋아 다른 사람보다 훨씬 먼 곳까지 볼 수 있었다. 나이는 모루보다 세 살이 많아 모루가 형으로 대우했다.

"앞뒤로 기마병이 늘어섰고, 중간에 늘어선 보병이 쉰 명 정도 됩니다. 수레에 약탈한 재물과 곡식이 실린 것 같습니다."

송골매는 먼 곳에 있는 적의 상황을 한눈에 알아보았다.

"그렇다면 전투 별동대가 아닌 약탈꾼인데, 죽 늘어선 행렬은 무엇이냐?"

"밧줄로 묶인 우리 백성들입니다."

최수는 결사대를 모아 놓고 지도를 펼쳤다.

"놈들이 육로보다는 물길을 택한 듯싶다. 본진인 양주로 가려면 높은 용문산을 에둘러 가야 하니 쉬운 물길로 가려는 게지. 그렇다면 분명 우두산과 보금산 사이로 지나갈 것이다."

최수가 지도의 한 지점을 손가락으로 짚었다.

"금당협, 여기서 기습하여 우리 백성을 구해 낸다."

금당협은 높은 벼랑 사잇길이라 한 사람이 지켜도 100명을 막을 만한 요새라고 했다. 최수는 주변 지형을 잘 아는 건 물론이고, 몽골어와 여진어도 대략 알아들었다.

"우린 겨우 스물다섯이고, 저들은 기마병 스물에 보병이 쉰이 넘는데 상대가 될까요?"

송골매가 고개를 갸웃거렸다. 하지만 최수의 눈빛은 흔들림이 없었다.

"전투는 기세다. 금당협에서는 우리는 적을 볼 수 있고, 적은 우리를 볼 수 없다. 우리가 먼저 기습하면 놈들이 두려움에 사로 잡혀 도망칠 것이다."

결사대는 빠르게 금당협으로 이동해 전투 준비를 했다. 그런데 예상보다 빨리 말발굽 소리가 계곡을 울렸다.

"기마병만 오고 나머지는 멀리 뒤처져 따라옵니다."

송골매가 자세히 살핀 다음 보고했다. 최수는 활을 준비한 채 숨어서 대기하라고 명했다.

곧 몽골 기마대가 금당협에 모습을 드러냈다. 열댓 명의 기마병 이 거칠게 말을 몰아왔다. 결사대는 화살을 메겨 들었다.

"기다려."

최수는 몽골군을 그냥 통과시키라는 신호를 냈다. 기마대가 자욱하게 먼지를 일으키며 금당협을 빠져나갔다. 최수가 다시 명했다.

"저들은 배편을 마련하러 먼저 가는 선발대가 분명하다. 본대 엔 기마병이 몇 되지 않으니 잘 되었다. 바위를 더 준비하고 기다려라."

얼마 뒤 몽골군 본대가 금당협에 들어섰다. 맨 앞에 선 두 명의 기마병은 금당협을 유심히 살피며 말을 천천히 몰았다. 그 뒤에 10여 명의 보병이 두 줄로 서서 따르고, 중간에 두 명의 장수가 말을 타고 따랐다.

그 뒤로 고려 백성들이 줄에 묶여 연결된 채 비틀거리며 걷고 있었다. 띄엄띄엄 늘어선 군사들은 포로를 위협하며 감시했다. 포로 뒤로 쉰 명쯤 되는 보병은 한가롭게 행군했다. 맨 뒤의 기마병은 등에 깃발을 단 걸로 보아 전령인 듯했다.

최수는 결사대에게 기마병과 채찍을 든 군사들을 먼저 사살하라고 명했다. 단 깃발을 단 기마병은 과녁에서 제외했다. 결사대의 기습을 그들의 본대에 알려 혼란스럽게 하려는 작전이었다.

이윽고 몽골군의 행렬이 금당협 깊은 곳까지 들어왔다.

"이런 협곡은 요새라 할 만한데, 고려군은 이런 요새도 버려두고 강화도에 꼭꼭 숨어서 대체 뭘 하는지 모르겠구나."

몽골군 부대장의 말에 부관이 맞장구쳤다.

"고려군은 섬에 숨어서 불경이나 새기고 있다던데요. 부처의 힘으로 우리를 이겨 보겠다고 말입니다."

부대장이 고개를 가볍게 흔들었다.

"불경은 이미 몇 해 전에 다 새겼다던데, 우리가 다시 쳐들어왔으니 부처보다 우리 몽골군이 센 것이 확실하지 않은가."

부대장과 부관의 웃음소리가 금당협을 울렸다.

그때 결사대의 화살이 일제히 허공을 갈랐다. 화살은 대부분 목표물을 명중했다. 모루의 화살도 채찍을 든 몽골군의 가슴에 꽂혔다. 금당협에 비명이 메아리를 울리고, 놀란 몽골군이 갈팡질팡했다.

"기습이다! 숨어라!"

최수의 화살에 어깨를 맞고 말에서 떨어진 몽골군 부대장이 소리쳤다. 목덜미에 화살이 꽂힌 부관은 비명도 못 지르고 말에서 떨어졌다.

곧이어 바윗덩이들이 쿵쾅거리며 몽골군 본대를 향해 굴러떨어졌다. 몽골군은 비명을 지르며 까마귀 떼처럼 흩어졌다.

"쏴라!"

다시 화살이 갈팡질팡하는 몽골군을 향해 날아갔다.

"쳐라!"

결사대가 함성을 지르며 골짜기로 내려갔다. 부대장을 잃은 몽골군은 등을 보인 채 진동한동 내빼기 시작했다.

"고려 백성들은 속히 산으로 오르시오!"

모루와 송골매는 백성들을 서둘러 대피시켰다. 두 사람은 백성들이 묶여 있던 밧줄을 단검으로 잘라 풀어 주었다.

순식간에 협곡을 정리한 최수가 칼을 높이 들었다.

"우리가 이겼다!"

결사대의 함성이 금당협을 무너뜨릴 듯 울렸다. 산비탈에서 지켜보던 백성들도 고려군 만세를 외쳤다.

큰 승리였다. 몽골군 소부대 하나를 결사대가 물리친 것이다. 결사대는 기마병 넷을 포함해 열다섯 명의 목을 벴다. 갑옷과 칼, 활과 화살을 거두어 뺏은 말에 실었다.

"여러분은 안전한 곳으로 피하십시오. 기마대나 또 다른 부대가 올 테니 절대 산에서 내려오면 안 됩니다."

바위 위에 서서 호령하는 최수는 창고지기가 아닌 당당한 장수의 모습이었다. 모루는 비로소 자신도 진짜 군인이 되었다는 확신이 들었다.

공방전

금당협의 승리로 충주의 주현군은 사기가 크게 올랐다. 몽골군은 괴물이나 저승사자가 아니라 싸워 이길 수 있는 상대임을 확인한 것이 큰 소득이었다. 충주 부사는 이 모든 것이 자신의 공로인 양 조정에 보고하고 널리 자랑했다.

강화도 조정에서는 결사대 대장 최수에게 작은 부대의 지휘관인 대정隊正 벼슬을 내렸다. 다른 결사대원들은 모두 제 일처럼 기뻐했다.

'나도 언젠가 창정님처럼 대정이 되어야지. 아버지의 소원을 내가 이루고 말 거야.'

모루는 거듭 다짐했다.

김윤후의 작전도 제대로 들어맞았다. 몽골군은 충주의 결사대가 어디 소속인지 몰라 엉뚱한 데를 찾아 헤맸다. 그리고 다시 공격받을까 봐 진격하던 부대를 뒤로 물렸다. 그동안 충주와 주변 지역은 추수를 마치고 전투 준비를 갖추었다.

몽골의 본대는 춘천과 원주를 함락한 이현의 동군과 합친 뒤에야 다시 진격에 나섰다. 대군의 위세에 여주는 버티지 못하고 항복했다. 이현은 점령지를 무자비하게 약탈했다. 양곡과 짐승은 물론이고 돈이 될 만한 건 모조리 털어 갔다. 특히 은으로 된 건 비녀까지 빼앗아 '은을 먹는 야차(귀신)'라는 별명이 붙을 정도였다.

충주를 눈앞에 두고 홍복원은 선봉을 자처하고 나섰다.

"충주엔 김윤후가 있다고 합니다. 제가 모시던 살리타 장군을 활로 쏘아 죽인 자가 바로 김윤후입니다. 이번에 그 원한을 갚고자 합니다."

야굴이 기꺼이 청을 수락했다.

"살리타 장군은 칭기즈 칸께서도 인정한 최고의 명궁이었다. 그런데 어이없게도 이름 없는 승려의 화살에 운명을 다하다니 참으로 애석한 일이다. 그대는 반드시 원수를 갚도록 하라."

몽골군이 충주에 들이닥친 건 가을 끝 무렵이었다. 1천 기가 넘는 기마대를 앞세운 몽골군이 지나가자 10리 간에 흙먼지가 자욱했다.

"우리는 거들떠보지도 않고 가는군요."

유학산성 망루에서 적진을 살피던 상호장은 일단 안도했다. 몽골군 선발대는 철소를 한 번 돌아보고 갔는데, 구태여 공격할 생각은 없어 보였다.

"충주성을 함락하면 철소는 덤으로 떨어진다고 여기겠지요. 그리고 저들도 말의 편자와 무기가 필요할 테니 철소를 마구 부수지는 않을 겁니다."

운학의 말에 부호장이 고개를 끄덕였다.

철소민들은 철정을 모두 챙겨 유학산성으로 대피했다. 무거운 판장쇠는 그대로 창고에 두었다. 그건 주로 가마솥이나 화로, 범종 같은 큰 기물의 재료라 병장기兵仗器를 만드는 데는 적합하지 않은 까닭이었다.

철소민은 유학산성에도 철소를 꾸몄다. 작은 가마와 대장간을 갖추고는 밤낮없이 화살촉과 창칼을 만들었다. 부호장은 특히 예리한 쇠가시가 달린 마름쇠를 많이 만들라고 주문했다. 그것이 철소를 지켜 줄 것이라고 했다.

"서둘러라. 쇠부리는 한시도 쉴 수 없다."

불편수가 산성 곳곳을 다니며 철소민을 지휘했다. 그는 쇠부리에 관한 모든 일을 세밀하게 알고 순서에 맞게 일을 착착 진행했다. 숯대장이 앓아눕자 숯쟁이들을 데리고 흑탄, 백탄도 직접 만들었다. 철광석을 고르고 잡석을 걸어 내는 일도 쇠대장보다 잘 알았다. 다만 대장간만은 천둥쇠에게 완전히 맡겨 두고 간섭하지 않았다.

'대단하다!'

망치는 허리가 굽어 자신보다도 작은 불편수가 산처럼 커 보였다. 왜 철소 주민들이 불편수를 존경하고, 관리들조차 함부로 대하지 않는지 비로소 알 것 같았다.

망치는 부호장을 따라 외부 정찰을 나가지 않는 날은 불편수의 조수 노릇을 했다. 발이 빠른 망치는 부리나케 뛰어다니며 불편수의 말을 전달하고 시킨 일을 확인했다. 그런 망치를 지켜보던 불편수가 짧게 한마디 했다.

"고놈, 제법 쓸 만하네."

그 한마디가 망치의 가슴에 북을 둥둥 울렸다.

"고맙습니다, 불편수 어르신!"

망치는 꾸벅 절을 하고는 더욱 빠르게 뛰어다녔다.

몽골군이 충주성을 겹겹으로 둘러쌌다. 이현이 성문 앞에 와서 협박해 댔다.

"스스로 성문을 열면 살려 줄 것이고, 우리가 성문을 열면 모조리 죽일 것이다!"

충주 부사는 거칠게 대거리했다.

"닥쳐라! 물러가면 살 것이고, 덤비면 모조리 죽을 것이다!"

부사 곁에 선 판관이 화살을 날렸다. 호위병의 방패에 화살이 스치자 이현은 황급히 되돌아갔다.

이윽고 몽골군의 공격이 시작되었다. 먼저 기마대가 성 둘레를 빠르게 돌며 화살을 날렸다. 투석기로 돌덩이를 날려 성벽을 때리더니 수레에 사다리를 장착한 운제雲梯가 성을 향해 달려왔다.

"쏴라!"

몽골군이 다가오자 잠자코 있던 성안에서 벼락같이 화살을 퍼부었다.

충주성은 높고 견고했다. 투석기가 날리는 돌덩이는 성을 넘지 못하고 벽만 때렸는데, 성은 흔들리지 않았다. 몽골군은 몇 번을 공격해 왔지만 피해만 늘어났다.

이튿날도 같은 공격을 되풀이했지만 매한가지였다.

"이렇게 견고한 성은 처음 본다. 박서와 김경손이 지키던 귀주성은 장수와 군사가 워낙 악착같아 실패했는데, 여긴 성벽이 가장 큰 적이로군."

부사령 아모간의 말에 홍복원이 맞장구를 쳤다.

"충주 놈들은 여간 악바리가 아니오. 예전에도 주현군과 양반별초는 다 도망갔는데 천민과 잡류군이 성을 지켰다니까요. 게다가 김윤후가 있으니 쉽지 않을 거요. 다른 작전을 써야겠소."

홍복원은 이현을 불러 머리를 맞대고 한참 동안 쑥덕거렸다.

노을빛이 번질 무렵 몽골군은 지친 듯 흐느적거리며 물러나기 시작했다. 그때 성문이 열리고 군사들이 함성을 지르며 몰려나왔다. 판관이 앞장서고 충주 부사도 칼을 치켜들고 달려 나왔다.

놀란 몽골군이 투석기와 운제를 버려둔 채 허둥지둥 달아났다.

"달래강으로 밀어붙여라! 물고기 밥으로 만들어라!"

판관이 장창을 휘두르며 몽골군 진영으로 세차게 쳐들어갔다.

"기선을 잡았다. 사정 두지 말고 공격하라!"

부사와 판관의 용맹과 기상에 충주성의 군사와 백성들이 환호성을 질렀다.

남산성 북문에서 상황을 지켜보던 김윤후의 표정이 심각했다.

"저런, 너무 깊이 들어가고 있어. 유인 작전일 수도 있는데, 참으로 무모하군. 결사대를 집합시켜라!"

김윤후의 명을 받은 최수가 송골매에게 다시 지시를 내렸다. 송골매가 나팔을 불자 결사대가 금세 모여들었다. 김윤후는 결사대를 거느리고 빠르게 지름길로 내려갔다.

결사대가 전장에 도착했을 때는 상황이 바뀌어 있었다. 몽골군 기마대가 고려군 허리를 잘라 포위한 채 공격했다.

"판관, 돌아오라!"

부사가 소리를 지르자 나팔수가 나팔을 불었다. 하지만 이미 적군에 둘러싸인 판관과 부하들은 돌아올 수가 없었다. 판관은 장창을 휘두르며 싸웠으나 곧 말에서 떨어지고 말았다.

얼마 뒤 판관의 머리가 장창에 꿰여 높이 들렸다. 그를 따르던 군사들도 죽임을 당하거나 포로가 되고 말았다.

"후퇴하라!"

부사는 다급히 말을 몰아 성으로 돌아가려 했다. 하지만 성 뒤편을 돌아 들이닥친 기마대가 앞을 가로막았다. 몽골군의 유인 작전에 꼼짝없이 걸려들어 버렸다.

그때 충주성 위에서 화살을 쏟아부었다. 기마대는 한 손으로 방패를 들어 화살을 막으며 말고삐도 잡지 않은 채 익숙하게 칼을 휘둘렀다.

"악!"

부사가 어깨에 상처를 입고 말에서 떨어졌다.

"공격하라! 부사를 엄호하라!"

숲에서 김윤후의 고함이 터졌다. 남산성 군사들이 일제히 활을 쏘며 숲에서 튀어나왔다. 이들의 화살은 사람이 아닌 말을 향했다. 말들이 고꾸라지고 말의 주인들은 사정없이 땅에 처박혔다. 남산성 군사들은 말에서 떨어진 몽골군을 처치해 후퇴할 길을 열었다.

"부사, 어서 피하시오!"

김윤후가 물러나며 소리쳤다.

"오, 고맙소."

부사가 군사들을 이끌고 성안으로 들어가자마자 성문은 다시 굳게 닫혔다.

몽골의 본대가 도착했을 때 김윤후와 결사대는 바람처럼 사라지고 없었다.

"김윤후가 산성에 있었구나. 그놈부터 처리해야 충주성을 무너뜨릴 수 있을 것이다."

홍복원이 이를 뿌드득 갈았다.

그 후 충주성은 다시는 성문을 열지 않았다. 어깨를 다친 부사는 겁을 먹었는지 앓아누웠는지 코빼기도 내밀지 않았다.

수호장은 전투 지휘를 김윤후에게 전적으로 맡겼다. 김윤후는 산성에 머물며 산성과 충주성의 전투를 다 지휘했다.

"충주성은 견고하고 군량도 풍부하니 이기지는 못해도 지킬 수는 있을 것이오. 전투는 남산성에서 주도할 테니 굳게 지키기만 하시오."

김윤후는 수시로 결사대로 몽골군을 기습하고 재빨리 후퇴해 적진을 어지럽게 만들었다. 몽골군은 충주성을 포위해 묶어 둔 채로 산성을 무너뜨리려고 안간힘을 썼다. 총사령관 야굴은 남산성을 점령하고 김윤후를 잡으라고 재촉했다.

"공격하라! 김윤후를 잡는 이는 장군으로 삼을 것이다!"

야굴이 말을 타고 앞장서서 군사를 채근했다. 몽골군이 운제를 앞세우고 남산성으로 몰려왔다.

서문은 김윤후가 막고, 남문은 최수가 방어했다. 김윤후는 서문과 중앙 지휘소를 바쁘게 오가며 전투를 지휘했다. 모루는 송골매와 더불어 서문에서 적군을 맞았다. 송골매는 활을 쏘고, 모루는 돌덩이를 던졌다.

"화살을 아껴야 한다! 뜨거운 물을 부어라!"

김윤후의 명이 남문까지 전달되었다. 운학의 기지로 샘을 마련해 둔 것은 정말 큰 다행이었다. 연못과 계곡물은 얼어도, 샘은 얼지도 않고 솟아났다. 그 물로 밥을 지어 먹고 무기로도 사용했다. 사다리로 성벽을 오르는 몽골군에게 뜨거운 물을 뿌리면 앗 뜨거라, 떨어져 나갔다. 샘이 아니었다면 남산성 방어는 불가능했을 터였다.

몽골군은 종일 몇 차례나 공격을 퍼부었지만 단 한 명도 성벽을 넘지 못했다. 바짝 약이 오른 야굴은 도망치는 부하들을 향해 칼을 휘둘렀다.

"공격하라! 물러서는 자는 내 칼이 용서하지 않을 것이다!"

한순간 야굴이 비명을 지르며 말에서 떨어졌다. 김윤후의 화살이 말의 목을 맞히자 말이 거꾸러지며 야굴을 내동댕이쳤다.

"대원수!"

아모간이 달려와 야굴을 부축해 뒤로 물러났다. 야굴은 기절했고, 결국 아모간은 후퇴 신호를 울렸다.

불타는 노비 문서

상처를 입은 야굴은 기마대 일부를 거느리고 본국으로 돌아갔다. 하지만 남은 몽골군은 남산성 공격을 멈추지 않았다. 그들은 고립된 남산성에 식량과 무기가 떨어지기를 기다리고 있었다.

"형님, 일이 다급하게 되었소이다."

정찰을 다녀온 부호장이 법당으로 와서 상호장에게 보고했다.

"남산성에선 밥을 짓지 않습니다. 화살도 떨어진 듯하고, 모두 지칠 대로 지쳐 무너지는 건 시간문제입니다. 몽골군이 길목과 충주성을 막고 있으니 군량과 무기를 전달할 길도 없습니다. 우리가 준비한 것이라도 보내야겠는데…."

상호장의 얼굴이 어두워졌다.

"야단났군. 군량과 무기를 운반할 방책은 있는가?"

"예전처럼 한밤에 포위망을 뚫어야지요."

운학이 손사래를 쳤다.

"그건 너무 위험하오. 섣불리 움직였다가는 애꿎은 철소민들 목숨만 내주기 십상이오."

상호장도 고개를 끄덕인 뒤 덧붙였다.

"기껏 마련한 군량과 무기를 뺏겨서도 안 되지요."

부호장이 주먹을 불끈 쥐며 눈썹을 치켜올렸다.

"그렇다고 김윤후 장군과 남산성 군사들이 굶주림에 허덕이는 걸 보고만 있을 수는 없지 않습니까. 다음 차례는 우리가 될 텐데."

상호장의 긴 한탄이 터져 나왔다.

"돕긴 도와야지. 길이 모두 막히고, 강이 얼어 배도 띄울 수 없으니…. 방법이 없어, 방법이."

운학이 지그시 감고 있던 눈을 번쩍 떴다.

"방법이 있습니다."

상호장과 부호장이 뜨악한 표정으로 운학을 바라보았다.

"속히 썰매 수레를 만들도록 하시오."

"예? 썰매요?"

"그렇소. 강이 두껍게 얼어붙었으니 배 대신 썰매를 이용해 봅시다. 썰매에 무기와 군량을 실어 달래강을 거쳐 남한강을 거슬러 올라 마즈막재에 부리면 산길을 통해 남산성에 전달할 수 있지 않겠소?"

상호장이 무릎을 철썩 내려쳤다.

"그거 기막힌 방법입니다!"

문간에서 듣고 있던 망치도 무릎을 탁 쳤다.

"성냥간 대장 천둥쇠를 부르게."

상호장의 명이 떨어지자 부호장이 망치를 돌아보았다. 망치는 군례를 올리고는 바람처럼 달려 나갔다.

그날 밤, 철소 청장년들은 부호장의 지휘에 따라 빠르게 움직였다. 천둥쇠와 대장장이들이 뚝딱뚝딱 커다란 썰매를 만들어 지원대를 꾸렸다.

식량과 무기를 실은 썰매는 작은가마실 개울에서 출발해 금세 노계천에 다다랐다. 그리고 달래강을 거쳐 탄금대를 에돌아 거슬러 올랐다. 지원대는 요령껏 썰매를 밀고 끌었다. 썰매가 무거웠지만 움직이기 시작하니 기대 이상으로 빨랐다.

지원대가 마즈막재에 도착하자 푸르스레 동이 텄다.

"망치야, 너는 먼저 가서 장군께 지원을 요청하거라. 썰매로 강을 건너 군량과 무기를 여기까지는 갖고 왔지만 우리 인원으로 산성까지 운반하기엔 힘에 부친다고 아뢰거라."

"예!"

망치는 다람쥐처럼 산비탈을 타고 올랐다.

남산성의 지휘소 군막은 침울한 분위기에 휩싸여 있었다.

"오늘 크게 공격을 퍼부을 듯합니다. 충주성을 포위했던 기마대도 경계병만 남겨 두고 참전했다 하니 몹시 어려운 전투가 예상 됩니다."

대정 최수가 김윤후에게 보고했다. 거의 모두 결사대 출신인 중간 지휘자들도 깊은 한숨을 토해 냈다. 최수도 눈빛만 살아 번 득일 뿐 목소리마저 잠겨 있었다.

"몽골군이 움직이기 시작했습니다."

송골매가 군막으로 들어와 보고했다.

"서문과 남문의 군사를 모두 중앙 지휘소 앞으로 집합시켜라."

김윤후가 무겁게 명을 내렸다. 최수가 부하들을 이끌고 군막을 나가자 김윤후와 함께 송골매와 모루만 남았다.

"송골매는 이 궤짝을 들고 나를 따르거라. 모루는 횃불을 하나 만들어 오고."

이른 아침부터 산기슭이 흙먼지로 뽀얗게 뒤덮이기 시작했다. 몽골군 대병력이 산성으로 올라오는 소리가 산사태가 난 듯 쿵 쿵 울렸다. 깃발이 무수히 휘날리고 운제와 석포石砲도 헤아릴 수 없이 많았다. 게다가 기마대가 앞장서니 산을 무너뜨릴 듯한 기세 였다.

남산성 성벽에 붙어 그 광경을 내려다보는 군사들은 이미 맥이 풀려 있었다. 절반은 송장처럼 축 처졌고, 간신히 일어선 군사들 도 제 몸 하나 지탱하기도 버거워 보였다. 몽골군이 성벽에 달라 붙기만 하면 전투는 그걸로 끝나 버릴 것 같은 분위기였다.

망루를 겸한 중앙 지휘소에 오른 김윤후를 군사들이 멀뚱멀뚱 바라보았다. 싸우라고 소리친들 씨알이나 먹힐지 모루는 걱정스럽기만 했다.

징 소리 같은 김윤후의 목청이 터져 나왔다. 그의 목소리도 어지간히 쉰 상태였다.

"남산성 용사들은 들어라! 그동안 우리는 용감하게 싸웠다. 맹물만 마시고 싸운 것만으로도 충분히 할 일을 다 했다."

모루는 떡메로 뒤통수를 한 대 맞은 듯했다. 손에 든 횃불이 부르르 떨렸다.

'할 일을 다 했다니, 설마 항복하겠다는 건가?'

군사들도 웅성거리기 시작했다.

김윤후의 목소리에 점점 힘이 들어갔다.

"고려의 어떤 장수와 군사도 그대들만큼 용맹하게 싸우지 못했다. 그러나 전쟁이 끝나도 그대들은 다시 누군가의 노비로, 허드렛일이나 하는 잡인으로 살아갈 수밖에 없는 신분이다. 그렇게 천대받고 살아왔으나 그대들은 지금까지 싸운 전투에서 이미 그런 천한 신분 따위는 벗어던질 만큼 큰 공을 세웠다. 자, 보아라!"

김윤후가 손짓으로 모루와 송골매에게 옆으로 오라고 명했다. 모루와 송골매가 얼른 지휘소 위로 올라갔다. 김윤후는 궤짝을 열어 문서 뭉치를 꺼내 들었다.

"이것은 그대들의 목숨 같은 노비 문서다. 지금, 이 순간부터 그대들은 노비가 아니다. 당당한 자유인의 몸으로 가족과 남산성과 고려를 지켜라!"

김윤후가 모루에게 명했다.

"불을 붙이거라!"

횃불을 든 모루의 손이 벌벌 떨렸다. 군사들도 뜨악한 표정으로 바라볼 뿐이었다.

'감히 어떻게?'

모루는 차마 문서에 불을 갖다 대지 못했다. 김윤후가 횃불을 낚아챘다. 그러고는 주저 없이 불을 붙였다.

"지금부터 모든 남산성 군사는 자유인이다. 오늘 싸우다 죽더라도 영원한 자유인으로 죽을 것이다."

김윤후가 횃불을 궤짝에 던져 넣었다. 궤짝 속 문서들에 불이 붙어 활활 타올랐다. 그것을 지켜보는 군사들의 눈에도 불이 이글이글 타올랐다. 궤짝까지 불이 붙자 김윤후는 궤짝을 발로 차 지휘소에서 떨어뜨렸다. 문서들은 재가 되어 휘날렸고, 궤짝은 불이 붙은 채 박살 났다.

와아아아.

군사들의 함성이 남산성을 진동시켰다.

'자유인, 자유인!'

모루는 혼잣말을 되뇌었다. 원래는 양인이었지만 천민으로 굳어 버린 철소민도 완전한 자유인이 될 수 있을까. 그렇게 되고자 군인을 자원했는데, 지금 눈앞에서 그 꿈이 이루어지고 있었다. 모루의 두 눈에 뜨거운 눈물이 흘러내렸다. 그리고 몸속 깊은 곳에 숨어 있던 힘이 화산처럼 솟구쳤다.

"이제 그대들은 고려의 백정(양인)으로서 힘껏 싸우면 된다. 공을 세우는 이는 신분을 따지지 않고 상을 줄 것이고, 적에게 뺏은 물건은 함께 나눌 것이다. 그대들은 나와 함께 싸우겠는가?"

"예, 장군!"

"죽기로 싸우겠습니다!"

악다구니가 섞인 거대한 함성이 남산성을 뒤집을 듯이 울렸다. 너나없이 시키지 않아도 빠르게 움직였다. 부서진 목책을 정비해 겹겹이 세우고, 바윗돌과 통나무를 성벽 위로 밀어 올렸다.

와아아아.

몽골군의 공격이 시작되었다. 그들은 석포를 쏜 다음 사다리를 성벽에 걸쳐 타고 올랐다. 화살은 반격 무기가 될까 봐 사용하지 않았다. 성벽을 타고 올라 육탄전을 감행할 참이었다.

"김윤후를 잡는 이는 장군이 될 것이다!"

홍복원이 군사들을 닦달했다.

"물러서는 자는 내 칼에 죽을 것이다!"

이현이 큰 칼을 번득이며 소리를 질러 댔다.

"목책에 불을 놓아라. 통로를 뚫어라!"

아모간은 기마대를 지휘해 성문 목책에 기름을 붓고 불을 질렀다. 사다리를 대고 성벽을 타고 오르는 몽골군이 점점 많아졌다. 밀대로 사다리를 밀어젖히면 금세 다시 사다리가 걸쳐졌다.

모루는 반월도를 휘둘렀다. 한참을 정신없이 싸우는데 누군가 모루의 이름을 불렀다. 망치였다.

"모루야! 살아 있었구나!"

득달같이 달려온 망치는 모루의 손을 잡고는 흔들었다. 모루는 반가움에 가슴이 울컥했지만 회포를 나눌 겨를조차 없었다.

"오랜만에 네 팔매 솜씨 좀 보자!"

모루의 말에 망치는 돌멩이를 집어 거리를 쟀다. 씽, 돌멩이가 시원하게 날아가 몽골군의 머리통을 때렸다. 한 발, 또 한 발. 돌팔매를 맞은 몽골군들이 사다리에서 떨어졌다.

"야, 솜씨는 여전하구나. 그런데 네가 여기 어떻게 왔냐?"

망치 눈이 뚱그레졌다.

"아차, 내 정신머리 좀 봐. 장군님은 어디 계시냐?"

모루가 턱짓으로 중앙 지휘소를 가리키자 망치는 득달같이 달려갔다.

"넌 누구냐?"

송골매가 지휘소로 올라가려는 망치를 가로막았다.

"철소에서 온 모루 친구 망치예요. 장군님께 전할 말이 있어 왔습니다."

송골매가 길을 열어 주었다. 북을 치며 전투를 지휘하던 김윤후가 망치를 알아보았다.

"너는 철소 전령이 아니냐. 어인 일로 왔느냐?"

망치는 철소 지원대가 마즈막재에 군량과 무기를 갖고 온 사정을 아뢰었다.

"지금 사태가 급박하여 그곳으로 보낼 인원은 없다. 우선 하루치 군량과 화살만 챙겨 오라고 전해라."

"예!"

지휘소에서 내려온 망치는 다시 마즈막재를 향해 나는 듯이 달렸다.

해가 중천을 지나도록 별 성과를 거두지 못한 몽골군은 물러나 다음 공격을 준비했다.

"저것들은 사람이 아니다. 사람의 눈빛과 용력勇力이 아니야. 내가 수십 년 전장을 누볐으나 저런 군사들은 보지 못했어. 이게 대체 무슨 일인가? 정말 저들이 사나흘씩 굶은 노비들이란 말이냐? 물만 먹은 자들이 어찌 고기를 먹은 우리 군사보다 더 잘 싸우고 사기도 높단 말이냐? 이것은 김윤후의 힘인가, 아니면 그대들의 무능 탓인가?"

아모간이 지휘봉을 후려칠 듯이 내저으며 이현과 홍복원을 봄아 댔다. 홍복원은 고개를 절레절레 가로젓고, 이현은 뿌드득 이를 갈며 거듭 공격할 것을 주장했다.

"마지막 발악일 뿐입니다. 지금 저들은 해가 떨어지기 전 반짝 빛을 내는 것과 같습니다. 다시 들이치면 반드시 무너뜨릴 수 있습니다. 사람의 힘이란 한계가 있는 법 아닙니까?"

"좋아, 다시 정비해 총공격한다. 죽기 전엔 산성에서 내려올 생각도 하지 말라!"

아모간은 다짐을 받고 2차 공격을 허락했다.

남산성 군사들은 잠시 짬이 난 틈에 다시 물배를 채웠다. 김윤후는 뜨겁게 끓인 물에 찬물을 타서 소금과 함께 들이켜도록 했다. 그렇게 만든 물을 음양탕陰陽湯이라고 하는데, 보약이나 다름없다고 했다.

그건 사실이었다. 찬물을 마시면 갈증은 가시지만 곧 배가 허전해지며 기운이 빠졌다. 그런데 음양탕을 마시면 배가 따뜻해지면서 힘이 솟아 한동안 지속되는 게 모루는 신기했다.

이는 운학이 찾아 준 샘 덕분이었다. 연못은 벌써 보름 전에 꽁꽁 얼었지만 샘은 가는 물줄기를 쉼 없이 뿜어냈다. 모루는 샘을 판 다음 바위로 에두르고 갈대 이엉으로 바람막이를 겹겹이 치고 지붕까지 얹었다. 그게 남산성에 와서 자신이 한 일 가운데 가장 잘한 일 같아 마음이 뿌듯했다.

"놈들이 옵니다!"

송골매가 보고했다.

"자, 다시 한번 싸우자!"

최수가 소리치자 모두 우렁차게 외쳤다.

"싸우다 죽자!"

다시 치열한 전투가 이어졌다. 석포가 돌을 날리고 기마대는 맹렬하게 달려와 반쯤 탄 목책에 도끼질해 댔다. 기어이 남문이 뚫리고, 기마대가 짓쳐들어와 진중을 휘젓기 시작했다. 성벽을 타고 오르는 몽골군도 점점 늘어났다.

"남문을 지원하라!"

김윤후가 모루에게 명했다.

모루는 남문으로 달려갔다. 기마대가 들어오니 사방에서 아우성이 넘쳐났다.

"오냐, 해보자."

모루는 반월도를 앞세우고 몽골군을 향해 나아갔다. 길을 막고 덤비던 몽골군 두 명이 순식간에 모루의 반월도에 나가떨어졌다.

칼을 치켜든 기마병이 모루를 겨냥해 달려왔다. 반월도와 칼이 부딪치자 힘에서 밀린 기마병이 말에서 떨어졌다. 모루는 나뒹구는 기마병에게 반월도를 휘둘렀다. 그때 다른 기마병의 칼이 모루의 팔뚝을 긋고 지나갔다.

"악!"

모루가 쓰러지며 반월도를 놓치고 말았다. 반월도를 집으려는 순간 기마병 둘이 공격해 왔다.

"으아아아!"

모루는 다급히 집은 반월도로 기마병의 칼을 간신히 받아 냈다. 하지만 뒤따라 달려드는 기마병의 칼은 피할 겨를이 없었다. 그런데 칼을 치켜든 기마병이 비명을 지르며 말에서 떨어졌다.

"모루야!"

망치의 돌팔매가 기마병의 관자놀이를 맞춘 것이다. 다시 칼을 휘두르려던 다른 기마병도 말에서 떨어졌다. 가슴에 화살이 박힌 채였다. 망치 옆에 선 부호장이 또다시 화살을 날렸다. 망치의 돌팔매에 쓰러졌던 몽골군이 일어서다가 화살을 맞고 다시 고꾸라졌다.

망치가 달려와 속옷을 찢어 모루의 상처를 싸매 주었다.

"누가 감히 내 친구를 건드려. 그건 내 돌팔매가 용서 못 하지."

망치의 너스레에 모루는 아프면서도 웃음이 나왔다.

"제법 군인처럼 보이네. 내가 목숨을 빚졌어."

"너도 날 살려 준 적 있잖아. 오늘 갚은 거다."

망치가 잠수 시합을 떠올리며 모루 등짝을 철썩 때렸다.

김윤후의 천둥 같은 목청이 울려 퍼졌다.

"철소에서 지원대가 왔다! 쌀과 화살도 왔다! 힘을 내라! 오늘 저녁엔 쌀밥을 먹을 것이다!"

우렁찬 함성이 다시 산성을 진동시켰다.

철소 지원대가 화살을 빠르게 배달했다. 김윤후의 철태궁이 성벽 위로 올라온 몽골군을 하나하나 떨어뜨렸다. 최수와 군사들도 일제히 활을 쟀다.

"쏴라!"

성 아래 몽골군에게 화살 세례가 쏟아졌다.

"대체 어떻게 된 거야? 이러면 후퇴해야 하는 거 아닌가?"

홍복원의 말에 이현이 눈에 쌍심지를 켜고 반대했다.

"죽기 전엔 산성에서 내려오지 말라는 아모간 장군의 명을 잊었소?"

이현의 입장은 홍복원과 달랐다. 전쟁 초기부터 몽골에 빌붙은 홍복원은 이미 몽골의 벼슬을 받았다. 하지만 아직 그럴듯한 벼슬을 받지 못한 이현은 확실한 성과를 보여 줘야 했다. 그래서 더욱 그악스럽게 굴었다.

"조금만 더 몰아치면 된다! 뚫린 성문으로 집중 공격하라!"

이현이 칼을 휘두르며 악다구니를 써 댔다. 하지만 소용없었다. 남문으로 들어왔던 몽골군은 이미 소탕되거나 도망치고 없었다. 남문에는 어느새 통나무 방책이 다시 세워졌다.

"장군, 후퇴 명을 내려야겠습니다. 화살이 공급되었다는 것은 지원군이 왔다는 겁니다. 굶고도 그악스레 잘 싸웠는데, 지원을 받았다면 결과는 뻔합니다. 우리 피해만 늘어납니다."

홍복원이 말을 타고 달려와 아모간에게 건의했다.

"대몽골 제국의 씻을 수 없는 치욕이로다. 두 사람에게 반드시 책임을 물을 것이다. 후퇴하라!"

아모간이 악다구니 섞인 명령을 내렸다. 후퇴 나팔이 크게 울려 퍼졌다.

"나가자!"

최수가 이끄는 남산성 결사대가 남문으로 밀고 나갔다.

몽골군 진영은 아수라장으로 변했다. 지친 군사들은 병장기를 내던지고 갑옷마저 벗어 던진 채 줄행랑쳤다. 내리막을 내닫던 말들은 고꾸라졌고, 주인 잃은 말들이 방향도 없이 날뛰었다.

"놈들이 도망간다!"

"만세! 대고려 만세!"

성 위에서는 피투성이가 된 군사들이 함성을 올렸다. 성 밖까지 밀고 나간 남산성 군사들은 몽골군이 버린 무기와 갑옷, 말을 챙겨 돌아왔다.

"장한 용사들이여, 잘 싸웠다! 약속한 대로 모두 공로에 따라 상을 줄 것이다!"

김윤후의 말에 다시 한번 남산성에는 환호성이 울려 퍼졌다.

"장군님, 상이라면 밥상부터 주십시오!"

송골매가 우스갯소리를 던졌다. 남산성의 군사들은 피와 눈물이 범벅이 된 얼굴로 웃음을 터뜨렸다.

노을이 붉게 타올랐다. 얼어붙은 달래강에 번진 노을도, 남산성 위로 퍼져 가는 노을도, 남산성 용사들의 얼굴도 모두 뜨거운 핏빛이었다.

"모루야, 우리가 이긴 거 맞지? 지금 우리 살아 있는 거 맞지?"

망치가 모루의 볼을 잡고 흔들었다.

"그럼, 고맙다 고마워!"

모루는 망치를 안아서 번쩍 들어 올렸다. 피라도 섞인 듯 친구 이상의 깊은 정이 모루의 가슴을 가득 채웠다.

소쩍새 우는 밤

해가 바뀌고 진달래 봉오리가 도톰해질 무렵, 월영정에서 김윤후를 위한 송별 잔치가 열렸다. 푸짐한 식사가 끝나고, 달래가 우려낸 차를 함께 마시는 참이었다.

"사제는 이제 다시는 승복을 입기 어려울 듯하니 언제 또 보겠는가?"

운학의 말에 승복을 입은 김윤후는 아쉬움을 감추지 못했다.

"부처님 인연보다 세상 인연이 더 깊어 놓아주지 않으니 따를밖에요. 이번에 올라가면 이 승복은 벗어 두었다가 훗날 관 속에나 넣어야겠습니다."

지난겨울, 전투에서 참패한 몽골군은 결국 충주성 포위를 풀고 물러갔다. 이현은 다루가치(고려 내정을 간섭하기 위해 파견한 몽골 관리)가 되어 개경에 남았고, 아모간과 홍복원은 복수를 맹세하고 떠났다.

고려 전역에 다시 김윤후의 이름이 떠들썩해진 건 당연한 일이었다. 그는 산성방호별감에서 감문위(궁성을 경비하던 군대) 상장군으로 벼락 승진을 했다. 이제 그 소임인 황도 수비를 위해 개경으로 돌아가야 했다.

몽골군을 또 물리친 충주는 국원경으로 승격하는 경사를 맞았다. 산성에서 승리한 노군들은 모두 천민 신분에서 해방되었고, 공로가 큰 이들은 벼슬까지 받았다. 대정 최수는 산원散員이되어 판관 직임으로 실질적인 충주의 군사 책임자가 되었고, 송골매는 대정으로 판관을 보좌하게 되었다. 모루 또한 하급 장교인 대정에 올랐다.

"상장군께서는 황도에 가시더라도 다인철소를 꼭 기억해 주십시오."

상호장의 말에 김윤후가 덥석 그의 손을 잡고 대답했다.

"내 어찌 잊겠습니까. 철소의 지원이 없었다면 마지막 전투는이길 수 없었습니다. 또한 내려오는 길이나 올라가는 길에 이처럼지극한 대접을 받았는걸요. 달래가 우린 차맛 때문에라도 못 잊을 겁니다."

달래가 살짝 볼을 붉혔고, 모두 너털웃음을 터뜨렸다.

"황도에 가면 다인철소의 공로를 황제께 소상히 아뢰어 반드시보상받도록 하겠습니다."

찻잔을 비운 김윤후가 일어서자 모두 자리에서 일어났다.

성문 앞에서 모루가 말과 함께 기다리고 있었다. 황도까지 모시겠다고 따라나선 참이었다.

"모두 몸조심하시어 부디 전쟁이 끝날 때까지 살아 계십시오. 그러면 이기는 겁니다."

인사말을 건넨 김윤후가 부호장 뒤에 서 있던 달래의 어깨를 다독였다.

"너의 불매소리를 들으러 다시 올 날이 있으면 좋겠구나."

이 말을 끝으로 김윤후는 말에 올랐다. 달래는 얼굴이 화끈 달아오르는 것을 느끼며 머리를 깊이 숙여 인사했다.

모루가 고삐를 잡고 길을 열었다. 철소의 장정들이 죽 늘어서서 군례로 김윤후를 배웅했다.

초저녁부터 소쩍새가 울어 댔다. 저녁상을 물린 뒤 어머니가 달래를 붙잡아 앉혔다. 아버지는 등잔에 불을 밝혔다.

"모루가 상장군을 황도까지 모셔다드리고 돌아왔다던데 만나 봤느냐?"

아버지의 말에 달래는 심드렁하게 고개를 가로저었다.

"앞집 망치 말이, 왔다가는 다음 날 바로 충주성으로 갔다던데요. 치, 대정이 됐다고 나 같은 건 눈에 뵈지도 않나 봐요."

"그럴 리가. 모루는 무뚝뚝하지만 심지가 굳고 건실한 아이다.

아, 이제 아이가 아니라 당당한 무관이지. 너도 어려서부터 오라
버니처럼 잘 따랐는데, 기쁘지 않으냐?"

어머니 말이 옳기는 하지만 달래는 괜히 어깃장을 놓았다.

"그러면 뭐 해요. 진짜 우리 오라버니도 아닌데."

어머니는 다가앉으며 달래 허벅지를 톡톡 두드렸다.

"나는 모루를 보면 아주 든든해서 아들 삼으면 좋겠던데, 너는
어떠냐?"

달래는 피식 웃었다.

"아휴, 어머니도. 차라리 아들을 하나 낳지 어찌 남의 아들을?"

말을 하다 보니 기분이 이상했다. 달래는 어머니와 아버지 얼
굴을 번갈아 쳐다보았다. 갑자기 가슴이 쿵쾅거리기 시작했다. 어
머니가 홍두깨 같은 말을 툭 내던졌다.

"꼭 내 배로 낳아야만 아들이냐. 사위도 아들인데."

달래 눈이 올빼미처럼 커졌다. 잇따라 아버지는 떡메로 내리치
듯 묵직한 말을 쿵 내리찍었다.

"실은 오늘 낮에 모루 어머니가 다녀갔다. 사돈 맺는 게 어떠냐
고 하더라."

순간 달래는 한 사람이 퍼뜩 떠올랐다. 혀를 삐죽 내밀고 도망
치던 망치의 얼굴이 유성처럼 스치는 게 아닌가. 달래는 벌떡 일
어나며 빽 소리를 질렀다.

"안 돼!"

놀란 아버지와 어머니가 멈칫하며 올려다보았다.

"얘, 달래야. 당장 그러자는 게 아니라, 그저 네 뜻을 물어보려는 것이야."

어머니가 달래 치맛자락을 잡아당겼다. 달래가 엉버티고 서 있자 아버지가 단호하게 말했다.

"앉거라."

잠시 침묵이 흐른 뒤 어머니가 달래를 토닥거렸다.

"난 네가 모루랑 잘 지내는 줄로만 알았는데, 모루가 그렇게 싫으냐?"

그제야 달래는 도원을 떠올렸다.

"싫은 게 아니라, 너무 갑작스럽고 놀라서…"

달래가 말꼬리를 흐리자 아버지가 말했다.

"우린 모루라면 좋다. 믿음직한 데다 이제 무관이니 너나 네 자식이나 우리처럼 살지는 않을 거 아니냐. 그러니 너도 그리 마음을 정하거라."

도원의 이름이 입안에서 뱅뱅 돌았지만 달래는 엉뚱한 말을 내뱉었다.

"세상에, 오라버니랑 어떻게 가시버시를 해요? 전 못 해요."

아버지가 눈을 부릅떴다.

"피 한 방울 안 섞였는데 무슨 오라버니냐? 네 어머니도 소싯적엔 나를 이웃집 오라버니로 불렀지만 너를 낳고 지금까지 잘 살지 않느냐."

달래는 고개를 떨구었다. 어머니가 달래와 애써 눈을 맞추며 물었다.

"너 혹시….."

달래가 고개를 들었다.

"혹시, 뭐요?"

달래는 도원의 이름이 나오면 그렇다고 해 버릴 참이었다. 그런데 어머니 입에서 나온 말은 전혀 뜻밖이었다.

"앞집 망치를 맘에 두고 있냐? 자주 어울려 다니더니, 설마?"

다시 달래가 자리에서 벌떡 일어섰다.

"아휴, 망치는 그냥 친구예요. 아주 웬수 같은 친구라고요!"

달래는 빽 고함을 지르고는 방에서 뛰쳐나와 버렸다.

이불을 푹 덮어쓰고 누운 달래는 천천히 숨을 골랐다.

'아닌 밤중에 홍두깨라더니, 이게 무슨 날벼락이람?'

느닷없는 일이었으나 한편 그럴 법도 했다. 고려의 풍속으로는 양민들은 대개 16세 전후에 혼인했다. 귀족이나 양반들은 좀 더 늦기도 했으나, 반대로 노비나 천민들은 좀 더 일찍 짝을 맞추었다. 빨리 더 많은 일꾼을 보려는 주인들의 조치였다. 달래도 열다섯 살이 되었으니 혼인 이야기가 나올 만했다.

'모루 오라버니?'

'안 돼!'

'망치?'

'더 안 돼!'

달래는 이불을 걷어차고는 몇 번이나 도리질을 쳤다. 모루나 망치를 단 한 번이라도 제 짝으로 생각해 본 적이 없었다. 초경을 치른 후 줄곧 가슴속에 도원 도령만 담고 있었는데, 갑자기 모루와 혼담이라니.

그동안 모루는 달래를 진짜 누이처럼 대해 주었다. 망치처럼 시비도 걸지 않고 놀리지도 않았다. 늘 힘든 건 도와주고 든든하게 지켜 주었다. 그렇지만 한 번도 마음을 설레게 한 적은 없었다.

'그런데 왜? 그 순간 그 망할 녀석이 떠오른 거야?'

달래는 그게 도무지 이해되지 않았다.

'왜 도련님이 아니야? 하물며 모루 오라버니도 아니고, 천방지축 팔랑개비 망치 녀석이냐고?'

불쑥 한 장면이 떠올랐다. 수년 전 여름날, 모루와 잠수 시합을 하다가 물에 빠져 죽을 뻔한 망치를 구해 준 일.

'그때 그 입맞춤 때문인가?'

달래는 고개를 가로저으며 다시 이불을 걷어찼다. 망치가 곁에 있으면 턱을 걷어찼을 게 분명했다.

'아냐, 아냐. 말도 안 돼. 그게 무슨 입맞춤이야. 물에 빠져 죽을 뻔한 녀석 살려 준 것뿐이지. 철없던 꼬맹이 적 소꿉장난만도 못

한 일이라고. 그렇다면 뭐지?'

아무리 생각해도 그 까닭을 알 수 없었다. 만약 망치와 부부가 되다면, 평생 아웅다웅 싸울 게 불을 보듯 뻔했다. 그렇게 얄밉고도 짓궂은 얼굴이 하필 그때 떠오르다니. 달래는 뒤척거리며 생각을 곱씹었다.

'맞아, 그동안 하도 싸워서 미운 정이 든 게 분명해.'

결론을 내리고 나니 한결 마음이 편해졌다. 소쩍새는 더 크게 울어 대고 여전히 잠은 오지 않았다.

다음 날 아침, 달래는 달래강 중수를 길어 유학사로 향했다. 모루와 절대 혼인하지 않을 테니 다시는 말도 꺼내지 말라고 부모에게 오금을 박아 놓고 나온 참이었다.

하지만 걱정이었다. 아버지, 어머니야 고집을 부리면 통하겠지만 혹여 상호장이 모루와 혼인하거라, 하면 그걸로 끝이었다. 철소에서는 그 누구도 상호장의 명을 어길 수 없다. 그래서 달래는 유학사로 가서 운학과 도원에게 선수를 칠 작정이었다.

'그런데 도련님한테 뭐라고 얘기하지?'

실은 그게 더 걱정이었다. 감히 혼인하자고 우길 수도 없고. 아니, 혼인은커녕 좋아한다는 말을 입 밖에 낼 수도 없을 것 같았다. 도원이 황당한 표정을 지을까 봐 두려웠다.

"달래로구나."

유학산성 성문을 들어서니 누군가 아는 체를 했다.

"아, 오셨어요?"

부호장댁 하인이 노새 등에 짐바리를 묶어 매고 있었다. 이따금 양식이나 서책을 싣고 왔던 터라 별스럽지는 않았다.

"아유, 달래는 보름달 같은 처녀가 다 되었구나. 누가 데려갈지 그놈은 복 터졌구먼."

달래는 대꾸하지 않고 쌩하니 그곳을 벗어났다. 하인의 실없는 너털웃음이 꼭뒤를 따라왔다.

법당 앞엔 신발 두 켤레가 나란히 놓여 있었다. 도원이 운학에게 가르침을 받는 모양이었다.

"스님, 달래강 중수 가져왔습니다."

법당 왼쪽 문이 열리고 도원이 얼굴을 내밀었다.

"어서 오너라."

도원이 반겨 주자 달래는 바잡던 마음이 한결 편안해졌다.

법당으로 들어선 달래는 부처님께 절부터 올렸다. 철소민들이 철로 만들어 모셔 둔 작은 불상이다. 금칠을 하려는 걸 운학이 한사코 말렸다. 검은 몸뚱이로 앉아 있는 철불은 꼭 여름날 뙤약볕에 탄 동자승 같았다.

"때맞춰 잘 가져왔구나. 먼 길 떠날 참이니 차나 한잔 들고 일어나거라."

운학의 말에 달래가 다구를 펼쳐 놓았다. 그런데 분위기가 평소와 사뭇 달랐다. 운학도 도원도 별말이 없었다. 달래는 화롯불에 끓인 물로 차를 우리며 생각했다.

'도련님을 어디 멀리 심부름이라도 보내시려나?'

달래가 차를 건네자 비로소 말의 물꼬가 열렸다.

"그곳에 가면 달래강 중수로 우린 이 차맛이 종종 생각날 듯합니다."

도원이 평소처럼 달래를 향해 부드러운 웃음을 지어 보였다.

"거기 홍류동 계곡도 물맛이 좋지. 고운 선생(최치원)의 유적이 있어 공부하기에도 맞춤할 것이야. 좀 괴팍하긴 하지만 홍련암 주지가 유학에도 뛰어나니 정진하면 뜻을 이룰 수 있을 것이다."

"명심하겠습니다."

달래는 불안하고 초조해졌다. 이별의 차를 나누고 있음을 눈치챈 것이다. 감히 끼어들 처지가 아님을 잘 알지만, 달래는 참을 수 없었다.

"저, 도련님. 아니 작은 스님, 어디 멀리 가십니까?"

도원이 머뭇거리다가 대답했다.

"나는 가야산으로 간다. 이제 보기 힘들겠구나. 스님 잘 모시고 너도 잘 지내거라."

잘 지내라는 도원의 말이 심장을 쿡 찔렀다. 먼 곳인 줄은 알겠는데, 가야산은 대체 어디에 붙어 있는 산이란 말인가.

"저, 거기는 왜…?"

달래는 저도 모르게 비집고 나온 질문을 매듭짓지 못했다.

도원은 난처한 표정으로 운학을 바라보았다.

"허허, 달래가 꽤 서운한 모양이구나."

차를 한 모금 마시고는 운학이 농담처럼 말을 이었다.

"이 땡추(중답지 못한 중이라는 뜻으로 승려를 낮잡아 이르는 말)가 잘못 가르쳐서 더 훌륭한 스승한테 보내는 것이다."

스승의 말에 도원이 끔쩍 놀라며 몸 둘 바를 몰라 했다. 달래는 자신을 놀리는 말로 알아들었다.

"상호장님은 큰스님이 가장 훌륭한 스승이라 하셨는데, 어찌…."

운학이 너털웃음을 터뜨리고는 말을 이었다.

"도원의 재능은 부처님의 길도 아니고, 나처럼 가야금을 퉁기고 풍수나 보는 잡학 쪽도 아닌 게야. 문장과 경전 공부에 뛰어나 장차 큰 학자가 될 만하여 거기로 보내려는 것이니라. 알아듣겠느냐?"

대략 이해는 되나 왜 꼭 거기로 가야 하는 건지는 알 수 없었다. 달래는 철불만 바라보며 가슴을 졸였다.

도원이 운학에게 큰절을 올리고는 봇짐을 들고 일어섰다. 달래가 봇짐을 낚아채 안아 들고 먼저 법당을 나왔다. 분명 붓을 넣은 필갑과 서책뿐일 텐데 허리가 접히는 듯 무겁기만 했다.

법당 아래서 도원이 고개를 숙이며 합장했다. 운학은 말없이 가라는 손짓을 하고는 가야금을 들고 월영정으로 향했다.

달래는 도원의 뒤를 쫓아 걸었다. 가야산이 어딘지는 모르지만 거기까지 따라가고 싶었다.

"저, 도련님. 가야산이 어디예요? 얼마나 멀어요?"

달래가 도원의 꽁무니에 대고 물었다.

도원은 잠시 서서 해를 보고 방향을 가늠하더니 대답했다.

"저기 남쪽이 속리산이고, 거기서 다시 서남쪽으로 황악산을 지나면 덕유산이 나온다는구나. 거기서도 더 가야 한다니, 족히 천 리가 넘겠구나."

듣고 보니 더더욱 막연했다.

"휴, 그럼 대체 방향이 어떻게 되는 거예요?"

도원은 한숨을 쉬는 달래를 가만히 쳐다보다가 대답했다.

"남쪽, 정확히는 남서쪽이겠구나. 그런데 왜 그러느냐?"

'매일매일 그쪽을 바라보면서 도련님 생각을 하려고요.'

달래는 생각을 뱉어 내지 못했다. 속내와 달리 짐짓 빈정대는 답이 툭 튀어나왔다.

"발병 나지 말고 잘 가시라고 빌려고요."

도원이 웃음을 터뜨렸다.

"하하하, 고맙구나. 그만 들어가거라."

어느새 성문 앞에 다다랐다. 하인이 달려와 달래에게서 도원의 봇짐을 건네받아 노새 등에 실었다.

"모루와 망치한테도 소식 전하려무나. 내가 돌아올 즈음이면 다들 시집가고 장가가서 아비, 어미가 되어 있겠구나."

그 말이 달래의 가슴을 콕 찌르고는 불쑥 부아를 돋우었다.

"도련님은 혼인 안 하세요?"

도원이 뜨악한 표정으로 쳐다보다가 꿀밤을 먹이려 했다.

"이 녀석아, 머리 깎은 중에게 혼인이라니. 지금 날 놀리는 게냐?"

달래는 손사래를 치며 간신히 대꾸했다.

"아, 아닙니다. 도련님은 불도가 아니라 유학을 배우러 가신다면서요?"

도원은 성문 밖 먼 산으로 눈길을 던졌다.

"아직 잘 모르겠구나. 과연 학문의 길을 갈지, 부처님의 길을 갈지. 좀 더 가다 보면 제 길을 찾게 되겠지. 그만 가 보거라."

도원은 가볍게 손을 들어 보이고는 성문을 나섰다.

'이게 아닌데, 이래서는 안 되는 건데…'

야속했다. 달래는 무르춤하게 서서 빈 하늘로 눈길을 던졌다. 파란 하늘에 삿갓구름 하나가 흘러가고 있었다.

달래는 월영정을 향해 걸음을 옮겼다. 거기서는 좀 더 오래 도원의 모습을 지켜볼 수 있을 것 같았다.

'바보, 나 혼자 도련님을 가슴에 담아 두기만 했지 도련님 가슴에 들어갈 생각은 왜 못 했을까?'

문장을 그럴싸하게 짓게 되면 맨 먼저 도원에게 마음을 전해 볼 작정이었건만, 이토록 느닷없이 이별이 닥칠 줄이야. 꿈에도 짐작하지 못한 사태에 한숨이 나오고 기운이 빠졌다.

달래는 가파른 언덕배기 망루 앞에서 멈춰 섰다. 여기 또한 유학산 일대와 철소는 물론이고, 달래강과 충주성까지 볼 수 있는 곳이었다. 달래는 후들거리는 걸음으로 천천히 망루에 올랐다.

산벚꽃 핀 산길을 따라 떠나는 도원의 뒷모습이 보였다 가려졌다 했다. 그가 멀어질수록 가슴이 쓰라렸다. 오래지 않아 더는 노새 꼬리조차 보이지 않았다.

달래는 허수아비처럼 허탈해졌다. 산벚꽃 하얀 꽃잎들이 우수수 떨어져 눈발처럼 흩날렸다. 남몰래 쌓아 올린 돌탑이 와르르 무너지는 것만 같았다. 달래는 그 자리에 주저앉고 말았다.

그때 월영정 쪽에서 뚜둥, 가야금 소리가 바람에 실려 날아들었다. 아련하고 슬픈 곡조가 이어졌다.

'오로지 나 홀로 짝사랑이었나? 진정 이대로 끝인가?'

가야금 선율이 달래의 폐부로 파고들어 마음을 마구 흔들어 놓았다. 한동안 가파르게 오르내리며 마음을 흔들던 선율은 노을이 비낀 강물처럼 고요하게 이어졌다. 그제야 달래는 깨달았다.

'도련님은 강수 선생이 아니고, 나 또한 선생이 사모한 탄금대 대장장이 딸이 아니었구나!'

그 깨달음은 마음속 질긴 끈 하나를 툭 끊어 놓았다. 그동안 이루지 못할 헛꿈을 길게 꾼 듯싶었다. 그리고 가슴 깊이 잠자던 다른 꿈의 씨앗이 뾰쪽이 싹을 내밀었다.

달래는 입술을 깨물며 자리에서 일어섰다. 다리에 힘을 주고는 망루에서 내려갔다. 그리고 월영정을 향해 잰걸음을 놓았다.

"스님!"

운학이 가야금을 뜯던 손을 멈추고 달래를 바라보았다.

"아직 안 갔느냐. 오늘 공부는 다음에 하자꾸나."

운학의 눈길이 도원이 떠난 산길 쪽을 향했다. 그도 이별이 서운한 모양이었다. 달래는 월영정 마루로 올라가 다짜고짜 무릎을 꿇었다.

"가야금을 배우고 싶습니다. 서예도 어렵고 문장 짓기는 더 어렵지만, 가야금은 잘할 자신이 있습니다. 부디 가르쳐 주십시오!"

운학은 한참이나 침묵을 지키다가 입을 열었다.

"가야금을 배우고 싶다고 했느냐?"

달래는 얼른 대답했다.

"예, 스님. 꼭 배우고 싶습니다. 정말 잘할 자신이 있습니다!"

운학은 단호한 표정으로 대답했다.

"안 된다."

달래는 고개를 치들었다. 운학의 눈길은 먼 곳을 향했다.

"왜 안 됩니까? 제가 천한 계집이라서요?"

달래는 당돌하게 따졌다. 운학은 그제야 달래를 쳐다보았다. 달래는 마주친 눈길을 거두지 않았다. 달래를 안쓰럽게 쳐다보던 운학이 부드러운 목소리로 다독였다.

"네가 어리거나 천한 신분이라서가 아니다."

"그럼 왜 안 가르쳐 주신다는 겁니까?"

운학은 가야금 몸통을 쓰다듬으며 대답했다.

"가야금은 요물이야. 이걸 배우면 다른 일에 방해가 될 뿐이란다."

달래는 고개를 갸웃거리다가 이내 떨구고 말았다. 간절했던 기대가 무너지자 눈물이 왈칵 쏟아졌다.

"지금 우는 게냐?"

운학의 말이 기어코 달래의 울음보를 콕 찔러 터뜨려 버렸다. 달래는 어깨를 들썩이며 소리 내어 울었다.

"허, 그 녀석…."

운학은 달래가 울도록 내버려두었다. 멀지 않은 곳에서 뻐꾸기도 다급한 듯 울어 댔다.

한바탕 울음이 지나가자 솔바람이 달래의 목덜미를 쓸었다.

"다 울었느냐?"

달래는 간신히 울음을 잠그고 고개를 끄덕였다.

"송구합니다."

운학은 달래를 지그시 바라보았다.

"지금 네 아비가 불매대장 노릇을 하고는 있다만, 목청이 예전만 못하지 않더냐. 또한 너의 불매소리는 맑고 고우나 쇠부리 일꾼들을 위로하고 힘을 북돋는 데는 아직 미흡하지. 멋은 있으나 힘과 흥이 부족해. 네가 불매소리를 온전히 익히고 나면 그때 가야금을 가르쳐 주마."

달래는 가야금과 불매소리가 무슨 상관이 있는지 이해되지 않았다. 달래가 고개를 갸웃거리자 운학이 설명을 덧붙였다.

"가야금은 그 소리가 오묘하고 아주 깊단다. 거기에 빠지면 다른 것은 돌아보지 않게 되지. 그래서 요물이라고 하는 것이야. 알겠느냐?"

운학의 말은 알 듯 모를 듯 알쏭달쏭했지만 달래는 고개를 숙이며 대답했다.

"예, 스님. 불매소리를 온전히 익힐 터이니 그땐 꼭 가야금을 가르쳐 주셔야 합니다."

"그래, 알았다."

"약속하신 겁니다?"

"허, 녀석. 내가 언제 거짓부렁을 하더냐."

운학의 웃음소리에 달래는 마음이 풀어졌다. 가슴속에 돋아난 새싹이 죽지 않아 다행이었다. 달래는 비로소 긴긴 꿈에서 깨어난 기분이었다.

비밀 병기

장마가 시작되자 사흘들이 비가 내렸다. 빗속의 산길을 도롱이
를 쓴 두 사람이 바삐 걷고 있었다. 천둥쇠와 망치 부자가 유학사
로 가는 참이었다.

"왜 날 찾으시는 거냐?"

"그야 저도 모르지요. 큰스님과 부호장님이 뭔가 만들려고 궁
리하시던데, 도통 감이 안 잡혀요."

논밭에 씨앗을 뿌리는 파종기가 끝나자 한동안 철소는 쇠부리
작업에 매달렸다. 여름 장마가 닥치기 전에 목표한 물량을 생산
하기 위해 밤낮없이 불매소리와 망치소리가 울려 퍼졌다.

그동안 운학은 법당에서 나오지 않았다. 가끔 부호장만 드나들
며 뭔가 상의를 할 뿐이었다. 그러다가 궁리가 끝났는지 망치에
게 성냥간 대장을 데리고 오라는 명을 내렸다.

"천둥쇠 대령했습니다."

법당 앞에서 천둥쇠가 아뢰자 부호장이 문을 열고 맞아들였다.

"어서 오게. 망치도 들어오너라."

법당 바닥에는 설계도가 몇 장 펼쳐져 있고, 운학이 그것을 바라보며 연신 고개를 갸웃거렸다. 수레 같은데 창과 칼이 좌우 앞쪽에 박혀 있었다.

"스님, 이게 대체 뭡니까? 꼭 잔뜩 성난 고슴도치 같은데요?"

망치의 말에 운학이 웃음을 머금었다.

"성난 고슴도치라, 듣고 보니 비슷하구나. 몽골군과 우리 철소를 비유하자면 맹수와 고슴도치쯤 될 테지. 하지만 성난 고슴도치는 그 어떤 맹수도 삼키지 못하니, 그리 이름 붙여도 좋겠구나."

부호장이 천둥쇠에게 물었다.

"만들 수 있겠는가?"

천둥쇠는 설계도를 요모조모 살핀 다음 대답했다.

"용도를 알아야 정확한 답을 할 수 있겠습니다."

운학이 먹을 묻히지 않은 붓으로 짚어 가며 설명했다.

"이건 검차라는 것이야. 원래 검차는 전투에서 기마병에 대적하기 위해 수레에 창을 꽂아 만들지. 200년 전 거란의 대군이 쳐들어왔을 때 행영도통사 강조가 검차로 적의 기세를 꺾은 적이 있어. 하지만 인력으로 움직이는 것이라 거듭 사용하기엔 한계가 뚜렷해. 그리고 힘이 떨어지면 오히려 짐이 되는 단점도 있지. 내 그것을 보완하여 산성에서 운용하기 좋게 개량해 보았는데, 자네가 보기엔 어떤가?"

천둥쇠가 검차 설계도 옆 작은 설계도를 짚었다.

"그러면 여기 물레처럼 생긴 손잡이가 조종간이 되겠군요."

"맞네. 튼튼한 동아줄에 연결된 검차가 비탈길을 달려가서 적진을 깨부수면 물레로 감아 회수하여 다시 공격하는 거지."

"그럼 적과 직접 부대끼지 않고 거듭거듭 적군을 무찌를 수 있겠군요."

"그렇지. 적의 선봉을 박살 낼 비밀 병기라네. 비탈진 산성에서만 가능한 일이지. 이것을 무쇠로 만들 수 있겠는가?"

천둥쇠가 대답했다.

"쇳물로 주조하여 만들 수는 있습니다. 그러나 문제는 그게 아닐 것입니다."

"뭔가?"

천둥쇠는 설계도를 다시 곰곰 살핀 다음 문제점을 짚어 냈다.

"이 검차는 산비탈에서 쓰게 될 것이고, 여러 차례 거듭 사용해야 효과가 크지 않겠습니까?"

"그렇지."

"이 무게로는 비탈에서 한 번 쓰고 나면 못 쓰게 될 겁니다."

"어째서 그런가?"

운학과 부호장은 전혀 생각지 못한 일인 듯 눈이 뚱그레졌다.

"검차가 내리막길을 달리면 속도가 붙을수록 불어나는 무게를 동아줄이 견디지 못할 것입니다. 적진에 창이 닿기도 전에 줄이 터져 버릴 겁니다. 그러면 물레도 버티지 못하겠지요."

운학이 이마를 짚었다.

"아하, 과연 그렇겠군. 검차가 속도를 견디지 못하면 조종하기도 어려울뿐더러 회수도 안 되겠군. 이런 아둔한 화상하고는…."

운학은 스스로 한심하다는 듯 혀를 끌끌 찼다.

부호장이 눈을 빛내며 물었다.

"방법이 없겠는가?"

망치는 아버지의 입술만 바라보았다. 철소에서 못 만드는 게 없는 아버지가 이번에도 멋지게 해결하리라 믿었다.

"그럼 물레의 크기를 배로 키워 네 명이 손잡이를 잡으면 어떻겠나?"

운학이 눈을 빛내며 말했다.

"그래도 어려울 듯싶습니다. 손잡이를 붙드는 힘이 검차가 달리는 속도를 견딜 만큼 커야 하는데…."

천둥쇠가 얼버무리는 말을 운학이 매듭지었다.

"제동할 장치가 필요하겠군. 부드럽게 멈추고 되감을 수 있어야 효력을 발휘할 테니 말이야."

"예, 맞습니다. 그런데 그 방안이 당최… 송구합니다."

"아닐세, 생각이 여기까지 이른 것도 큰 발전이야. 문제를 알았으니 해결할 방법도 있겠지. 차분히 더 생각해 보기로 하세."

운학이 눈짓하자 부호장이 말했다.

"비 오는 날 부자가 여기까지 왔으니 점심이나 들고 가게. 공양주 아낙에게 말해 두었으니 함께 요사채로 가세."

법당 문을 여니 비가 그치고 멀리 닭발산 뒤로 무지개가 걸려 있었다.

달래가 부쩍 불매소리에 열을 올렸다. 낮에는 가마에서 불매대장과 교대로 불매소리를 불렀다. 밤에도 불매소리를 배우는지 늦도록 소리가 울타리를 넘어 망치네 집까지 흘러들었다.

달래는 표정이나 태도도 사뭇 진지해졌다. 망치가 장난이나 시비를 걸어도 전처럼 악다구니를 쓰며 달려들지 않았다. 한 살 어린 달래가 갑자기 누나처럼 느껴졌다. 키가 불쑥 자란 달래는 처녀티가 은은하게 나고 목청까지 변하는 게 눈에 보이는 듯했다.

그런 터에 모루 어머니가 중매를 넣었다는 소문을 듣고부터 망치는 부쩍 마음이 쓰였다. 달래가 자기보다 모루를 더 미덥게 여기는 걸 잘 아는 터였다. 게다가 그 두 집안이 허물없이 가까이 지내니 망치는 은근히 속이 탔다.

망치는 하릴없이 방을 들락날락하다가 방바닥에 주저앉아 한숨을 토했다. 어머니가 다가와 눈을 부릅떴다.

"한동안 잠잠하더니 설마 또…"

"아유, 아니에요. 안 가요, 안 가. 아무 데도 안 간다고요."

"정말이지? 또 그러면 이 어미는 못 산다."

망치의 옷자락을 움켜쥔 어머니의 눈에 간절함이 묻어났다.

"아유, 안 그런다니까 글쎄. 도망 안 치고 평생 철소에 목매고 살 테니 걱정하지 마시라고요."

망치는 어머니의 어깨를 잡고 방바닥에 붙이듯이 눌러 앉히며 안심시켰다.

"성냥간이나 다녀올게요."

조바심이 났지만 망치는 믿는 구석이 있었다. 달래는 모루가 아닌 도원 도령을 좋아한다는 것을 알고 있었다. 도령이 머나먼 가야산으로 떠나 버렸으니 시름을 던 셈이었다.

골목에서 알짱대던 망치는 마침 사립문을 열고 나오는 달래에게 평소처럼 시비를 걸었다.

"엉덩이에 뿔 난 망아지는 좋겠다, 중매도 들어오고. 언제 모루 각시 될 거냐?"

달래는 눈을 치떴을 뿐 대꾸하지 않았다. 머쓱해진 망치는 뒷머리를 긁적이며 대장간으로 발길을 잡았다. 그때 싸리비가 휙 날아와 등짝을 갈겼다.

"난 시집 같은 거 안 가!"

달래가 성난 눈빛으로 노려보았다. 망치는 낄낄 웃으며 대장간으로 도망쳤다.

'시집을 안 가다니. 넌 꼭 내 각시가 돼야 해!'

철소에서 도망쳤다가 잡혀 온 며칠 뒤의 일이었다. 다시는 해도 뜨지 않을 것 같은 나날을 보내다가 집 앞에서 달래와 마주쳤는데, 불쑥 전에 없던 감정이 일었다. 가슴 깊은 데서 북을 치는 것 같았다. 웬일인지 달래도 아무런 시비 없이 물끄러미 쳐다보기만 했다.

'아!'

그 짧은 순간 망치는 달래의 맑고 동그란 눈동자에서 동트는 햇귀를 보았다. 막힌 가슴이 트이면서 시나브로 하늘이 밝아지는 느낌이었다. 얼굴이 화끈 달아오른 망치는 뭔가 잊은 듯 얼른 집 안으로 들어와 숨어 버렸다.

'대체 이게 뭐야?'

뜬금없는 설렘과 부끄럼이 이해되지 않았다. 곰곰 생각하던 망치는 모루와 잠수 시합을 하다가 죽을 뻔한 일을 떠올렸다.

'그래, 한번 입술을 맞추었으면 평생 같이 사는 거지 뭐.'

이렇게 단정하자 전에 없던 활기가 솟아났다. 그 후로 달래가 사납게 굴어도 밉지 않고 옥신각신 실랑이도 은근히 더 즐기게 되었다.

망치가 대장간 앞에 이르니 천둥쇠가 보따리를 들고 나왔다.

"유학사로 가자."

"방법을 찾았어요?"

망치가 반색하며 물었다.

"될 거 같다, 한 가지만 해결하면."

아버지의 눈은 퀭했지만, 얼굴에는 자신감이 비쳤다.

"오, 성냥간 대장. 어서 오게. 방안을 찾았는가?"

유학사에 도착하자 운학이 다급히 물었다. 천둥쇠는 들고 온 보따리를 풀었다.

"이것은 활차 아닌가?"

"예, 맞습니다. 도르래라고도 하지요."

천둥쇠는 검차의 조종간 설계도 옆에 도르래 세 개를 나란히 놓았다.

"철소에서 천 근이나 되는 성냥간의 대모루를 옮기거나 판장쇠 궤짝을 수레에 실을 때 도르래를 사용합니다. 큰 절에서 범종을 매달 때도 쓰지요."

"암, 본 적 있네. 이것에 줄을 걸어 여러 명이 당기니 그 무거운 범종이 쉽게 들리더구면."

천둥쇠는 자투리 종이에 쓱쓱 그림을 그리면서 설명했다.

"맞습니다. 그런데 도르래 하나를 쓰면 드는 힘이 같지만, 두 개를 쓰면 힘이 절반밖에 들지 않습니다. 그리고 세 개를 쓰면 또 그것의 절반이 되니 한 사람이 여러 사람의 힘을 발휘하는 셈이 되지요. 반대로 검차가 당기는 힘도 그만큼 줄어드는 셈이고요.

그러면 두 사람이면 능히 검차를 부드럽게 부릴 수 있을 겁니다."

망치는 무슨 말인지 긴가민가한데 운학의 얼굴이 환해졌다.

"아하! 도르래에 동아줄을 걸어 물레에 감는다는 거지. 됐군, 됐어!"

운학이 천둥쇠의 등을 툭툭 쳤다.

"역시 자넨 고려의 으뜸 대장장이야."

천둥쇠는 머리를 긁적이며 말했다.

"한 가지 해결해야 할 문제가 있습니다. 검차의 힘이 일시에 확 잡아채기 때문에 보통 지지대는 견디지 못할 겁니다. 매달린 도르래와 조종간을 잡아 줄 태산처럼 튼튼한 지지대가 필요합니다. 제 머리로는 그게 도무지…."

운학은 눈을 지그시 감고는 생각에 잠겼다. 이곳으로 오는 내내 천둥쇠가 고민하던 한 가지 문제란 바로 지지대였다. 망치도 골똘히 생각해 보았지만 답이 나올 리 없었다.

"태산처럼 튼튼한 지지대라…."

침묵이 흐르는 동안 천둥쇠와 망치는 서로 얼굴만 쳐다보았다.

"따라나서게."

운학이 앞장서서 성문 쪽으로 잰걸음을 놓았다. 종종걸음으로 따르는 천둥쇠와 망치는 거듭 고개를 갸웃거렸다.

"스님, 어딜 그리 급히 가십니까?"

성문 안쪽에 선 커다란 소나무에 말고삐를 묶던 부호장이 인사를 했다. 구렁이 같은 뿌리가 땅 위로 드러난 소나무는 족히 300년은 묵어 보였다.

"아, 그 말고삐 풀고 말을 뒤로 물려 보시오."

부호장은 어리둥절한 표정으로 뒤로 물러났다. 운학이 천둥쇠를 보며 설명했다.

"자, 이 소나무를 지지대로 삼으면 어떤가. 1번 도르래를 옆으로 뻗은 큰 가지에 매달고, 2번 도르래는 불거져 나온 큰 뿌리에 매달아. 그리고 3번 도르래는 여기 소나무 몸통과 가지가 갈라지는 곳에 매달아서 물레로 잇는 거지. 이만하면 태산같이 튼튼한 지지대 아닌가?"

천둥쇠가 이리저리 재 본 뒤 대답했다.

"충분합니다, 스님."

부호장이 반색하며 주먹을 불끈 쥐어 보였다.

"드디어 방법을 찾았군요!"

운학이 껄껄껄 웃었다.

"넌 이제 태산 소나무라고 해야겠다."

망치가 품에 넘치는 소나무를 얼싸안고 두드렸다.

천둥쇠는 세밀한 보완책도 잊지 않았다.

"검차의 창날과 칼날이 상하면 갈아 끼울 수 있게 만들어야 합니다. 그리고 검차가 오르내리는 길은 돌부리 하나 없이 매끈하게 다듬어야 검차가 제대로 성능을 발휘할 겁니다."

"당연히 그리해야지. 내 어찌 고려 으뜸 대장장이의 말을 따르지 않겠는가. 오늘은 자네가 내 스승일세."

운학이 합장하고 고개를 숙이자 천둥쇠는 얼른 땅에 엎드렸다. 부호장이 천둥쇠의 어깨를 두드리고는 일으켰다.

"자네가 꼭 해낼 줄 알았네. 수고했네."

망치는 오늘처럼 아버지가 멋져 보인 적이 없었다. 자신도 대장장이가 되고 싶은 마음이 불쑥 솟아날 정도였다. 하지만 여전히 대장간의 망치 소리 속에서 평생을 보낼 자신은 없었다. 망치의 가슴속에 스멀스멀 자라나는 꿈은 따로 있었다.

성난 고슴도치

여름이 끝나 갈 무렵, 몽골군이 압록강을 건넜다는 소식이 날아들었다. 정동원수征東元帥 차라대가 군사 5천 명을 앞세워 침략한 것이다. 홍복원이 앞장서고 보파대, 여속독 같은 장수가 부대를 나누어 진격해 왔다.

'은을 먹는 야차'로 불리며 그악스럽게 굴던 이현은 참전하지 못했다. 다루가치가 되어 개경에 남았던 그는 고려군의 습격으로 비참한 최후를 맞았는데, 그것이 몽골군이 다시 침략하는 꼬투리 가운데 하나가 되었다.

고려군은 전면전을 피하고 유격 전술로 대항했지만 큰 효과는 없었다. 개경을 다시 점령한 몽골군은 양주, 이천, 장호원을 차례로 차지했다. 그리고 여주를 점령한 다음 곧장 충주로 향했다.

차라대의 군단은 중앙탑이 우뚝 선 탑실에서 쉬며 떼배를 만들었다.

"야굴 같은 명장이 이곳을 손에 넣지 못하고 몸까지 상해 퇴각하다니, 충주가 그렇게 드센가?"

차라대의 말에 홍복원이 민망해하자 여속독이 대답했다.

"작년엔 김윤후가 있었는데, 지금 그자는 여기 없습니다. 우리 공성 장비도 강화되었으니 사흘이면 거뜬히 점령할 것입니다."

차라대가 장수들을 죽 훑어본 다음 명을 내렸다.

"좋아. 선봉은 여속독이 서고, 홍복원은 철소를 접수한 뒤 합류하라. 지난해 철소가 군량과 무기를 공급하는 바람에 승리를 눈앞에 두고 후퇴했다지?"

장수들이 무릎을 꿇으며 명을 받았다. 홍복원은 뿌드득 이를 갈았다.

"철소 놈들에게 반드시 원한을 갚고 말 것이다!"

본진이 달래강을 건너자 홍복원은 곧장 공격진을 갖추었다. 기마병 200명에 보병이 2천 명가량이었다.

아랫쇠골에 진영을 차린 홍복원은 유학산성으로 와서 겁을 주었다.

"조그만 산성에 숨어 떨고 있는 철소민들은 들어라! 나는 고려 군민장관 홍복원이다. 내가 가는 곳의 고려 백성들은 모두 항복하여 대몽골 제국의 은혜를 입으며 잘살고 있다. 그대들도 항복하면 대몽골 제국의 공장으로 편히 살게 해 줄 것이다. 아까운 목숨을 헛되이 날리지 말고 속히 항복하라!"

성문 지휘소에서 부호장이 우렁우렁한 목청을 토해 냈다.

"홍복원, 이놈! 나라와 조상을 배반하고 오랑캐에 빌붙어 살면서도 부끄러움조차 모르는구나. 너는 오늘 그 대가를 받을 것이며, 역사에 영원히 수치로 남을 것이다. 이게 내 대답이다!"

부호장의 화살이 홍복원을 향해 날아갔다. 호위병들이 방패를 펼쳐 화살을 막았다. 순간 철소민들이 일제히 함성을 질렀다.

"홍복원은 역적이다!"

"그 아들놈도 역적이다!"

한눈에도 앳돼 보이는 장수가 칼을 빼 들고 소리쳤다. 바로 홍복원의 아들, 홍다구였다.

"무식하고 천한 철소 놈들아! 네놈들은 항복해도 결코 살려 두지 않을 것이다!"

홍복원이 공격을 명령했고, 북소리가 유학산을 진동시켰다.

"잘 닦인 길에는 분명 함정이 있을 것이다. 방패 부대를 앞세워 목책을 걷어 내고 그곳으로 공격하라."

산성 아래 골짜기와 비탈에는 쇠침이 박힌 목책이 곳곳을 가로막고 있었다. 몽골군은 골짜기로 접근해 목책을 걷어 내려고 시도했다. 그러나 쉬운 일이 아니었다. 골짜기와 비탈 바닥에는 뾰쪽뾰쪽한 마름쇠가 잔뜩 뿌려져 있었다.

"철소 놈들이라 쇠로 만든 갖가지 무기를 갖추고 있군."

몽골군은 방패를 덮어쓰고 마름쇠를 하나하나 주워 냈다. 그때 성벽 배수구에서 바위들이 굴러 내렸다. 몽골군은 급히 도망치다가 마름쇠에 발을 찔려 비명을 질러 댔다.

"그냥 정면 돌파를 하시지요."

홍다구의 채근에 홍복원은 어쩔 수 없이 정면 공격을 허락했다.

몽골군이 산성으로 밀고 올라왔다. 어지간히 다가와도 산성에서는 별 반응이 없었다. 몽골군이 먼저 한 차례 화살을 퍼부었다. 철소민들은 옆에 세워 둔 허수아비를 방패처럼 사용해 화살을 받아 냈다.

"얼씨구, 화살을 듬뿍 보태 주는구나."

"고맙다, 오랑캐들아! 고대로 돌려주마."

허수아비에 꽂힌 화살은 고스란히 몽골군 진영으로 날아갔다.

"저것들이 지금 약을 올리나."

홍복원은 다음 공격을 명했다. 보병들이 사다리를 앞세우고 몰려들었다. 철소민들이 돌을 던지고 활을 쏘아도 방패로 막아 내며 조금씩 밀고 올라왔다. 본격적인 근접 전투가 벌어졌다.

철소의 아낙들은 돌을 나르느라 분주했다. 달래도 그 틈에 끼어 바삐 오갔다.

"돌멩이는 얼마든지 갖다 줄 테니, 하나라도 허투루 던지면 안된다."

달래가 치마폭에 담아 온 주먹돌을 망치 앞에 내려놓았다.

"좋아, 이 오라비가 저놈들을 까투리 잡듯 잡아 줄게!"

망치는 오라비 타령을 하고는 움찔했다. 달래가 주먹돌을 자기한테 던질까 봐 뜨끔했다. 하지만 달래는 눈을 한 번 치떴을 뿐 아무런 반응이 없었다.

망치가 주먹돌을 씽 날렸다. 몽골군이 돌에 맞아 고꾸라지니 달래가 손뼉을 치며 기뻐했다.

"잘코사니(미운 사람의 불행을 고소하게 여길 때 내는 소리)!"

망치는 더 신나게 주먹돌을 뿌렸다.

철소민들이 거세게 대항했지만 몽골군의 함성은 점점 가까워졌다. 화살이 성벽을 넘어와 여기저기 꽂히고, 한 번씩 비명이 울려 퍼졌다.

부호장은 성문 지휘소에서 활을 쏘며 전투를 지휘했다. 상호장과 운학은 뒤쪽 높은 망루에서 상황을 파악하고 있었다.

"좋아, 조금만 더 밀고 가면 성벽에 사다리를 걸 수 있다. 사다리만 걸면 저 조그만 산성은 끝장난다."

홍복원이 뒤에서 더욱 가열히 공격하라고 명했다. 홍다구는 군사들을 위협하며 채근했다.

"물러서는 자는 내 칼에 죽을 것이다! 공격하라, 어서 밀고 올라가라!"

반듯하게 닦인 산성 진입로가 몽골군으로 가득 찼을 때였다.

"성문을 열어라!"

부호장의 명에 따라 철판을 입힌 성문이 활짝 열렸다. 밀려들던 몽골군이 멈칫한 순간, 검차가 맹렬한 기세로 달려 나왔다.

"오랑캐 놈들아! 성난 고슴도치 나가신다!"

검차 조종간을 잡은 불매대장이 소리쳤다. 천둥쇠와 불매대장은 호흡을 맞추어 빠르게 물레를 풀었다.

"저, 저것이 대체 뭐지?"

홍다구가 눈을 치떴다. 검차는 앞면과 좌우에 꽂힌 창검을 번쩍이며 내달렸다. 그 뒤를 부호장이 이끄는 돌격대가 함성을 지르며 따랐다.

아아아악.

순식간에 10여 명이 피를 흘리며 길섶으로 나뒹굴었다. 그 뒤에 늘어선 몽골군은 놀라 피하다가 언덕으로 굴러떨어져 마름쇠에 찔려 비명을 질렀다.

"성난 고슴도치 맛이 어떠냐, 요놈들아!"

불매대장이 통쾌한 웃음을 터뜨리며 종주먹을 치켜들었다.

빠르게 공격을 반복하는 검차는 살아 있는 맹수 같았다. 까마귀 떼처럼 놀란 몽골군이 비명을 지르며 쓰러졌다. 쓰러진 적들은 돌격대에 의해 마무리되었다. 삽시간에 유학산 진입로와 산비탈에 몽골군의 시체가 쌓였다.

"후퇴! 후퇴하라!"

놀란 홍다구의 명에 뿔나팔이 다급하게 울렸다.

"그만! 검차를 거두어라!"

상호장의 명이 떨어지자 돌격대가 먼저 돌아서고 검차가 뒤를 따랐다. 성문은 다시 굳게 닫혔다.

"아버지!"

망치는 검차 조종간을 거머쥔 천둥쇠를 향해 엄지를 들어 보였다. 부호장도 천둥쇠를 보며 고개를 끄덕였다.

"좋아, 아주 좋아. 검차가 기대 이상이야."

상호장과 운학도 웃음을 주고받았다.

와아아아.

철소민의 함성이 유학산을 들었다 놓는 듯 메아리쳤다.

화공

거듭된 공격에도 아무런 성과를 내지 못한 홍복원은 아들 앞에서 체면이 말이 아니었다. 차라대는 조그만 산성 하나도 손에 넣지 못하냐며 닦달해 댔다.

"총사령께서 화가 많이 나셨습니다. 충주성으로 달려갔더니 성을 비운 채 아무도 없었습니다. 충주의 군관민이 모두 대림산성으로 들어갔더군요. 거긴 산세가 험악해 기마대도 힘을 못 쓰고 공성 장비는 짐이 될 뿐이어서 제대로 싸우지도 못하고 당하는 판입니다. 속히 철소를 접수하고 대림산성으로 오라는 명입니다."

본진에서 온 장수가 홍복원을 독촉하고는 돌아갔다.

"저 조그만 산성이 고슴도치처럼 당최 빈틈이 없구나."

홍복원은 이맛살을 찌푸리며 끙, 앓는 소리를 냈다.

"아버지, 곧 추위가 닥치고 눈이 내리면 더 어려울 것입니다. 그

전에 꼭 시도해 볼 계책이 있습니다."

홍다구의 말에 홍복원이 눈을 치떴다.

"방안이 있느냐?"

"화공火攻입니다. 불로 태워 버리는 겁니다."

"성 안팎을 죄다 파 뒤집어 놓았던데 화공이 먹히겠느냐?"

홍다구는 자신만만하게 계책을 설명했다.

"산성 안에는 절간 건물이 있고, 나머지는 초가나 띠집이며 천으로 바람만 막은 군막입니다. 그것들만 태워도 저들은 추위에 떨게 될 것이고, 양식도 다 타 버릴 테니 기운이 쭉 빠질 겁니다. 또 검차 조종간에 불화살을 집중하면 분명 효과를 볼 겁니다."

장수들이 홍다구의 계책에 동의하자 홍복원도 결심을 굳혔다.

"좋다, 대대적인 화공을 준비하라!"

달도 없는 캄캄한 밤이었다. 산 아래 진지에서 이리저리 불빛이 움직이기 시작했다. 불빛이 가까워질수록 발소리와 창칼 부딪치는 소리가 커지더니, 이윽고 땅이 울리기 시작했다.

몽골군은 세 갈래로 나누어 천천히 올라왔다. 산성 진입로로 진격하던 부대는 길이 닦인 곳 앞에서 멈추었다. 길 양쪽 골짜기 건너편 비탈로 오른 부대도 더 전진하지 않고 불화살을 쟀다.

"쏴라!"

홍다구의 명에 따라 불화살이 일제히 산성을 향해 날아들었다. 화살은 성문 지휘소와 검차 조종간 쪽으로 집중되었다.

삽시간에 산성 안은 해라도 뜬 듯이 환해졌다. 공양간에 불이 붙자 아낙들이 준비해 둔 물을 부어 간신히 껐다. 천으로 지은 군막들은 물을 끼얹을 사이도 없이 홀라당 타 버렸다. 성문 지휘소에 박힌 불화살들은 기어이 지휘소를 태워 무너뜨렸다.

"지휘소가 넘어졌다!"

몽골군이 함성을 올렸다.

"저놈들이 제법 뜨겁게 공격하네. 불화살이라 허수아비로 받아낼 수도 없고, 검차로 쓸어 버릴 만큼 다가오지도 않고, 어쩌지?"

천둥쇠가 불매대장을 보고 말했다.

"날도 추운데 훈훈하니 좋네, 뭐. 검차가 무서워 가까이 다가오지도 못하는 놈들을 무서워할 게 뭐 있나."

불매대장은 평소와 같이 태평스러웠다.

"저놈들이 검차를 집중 공격하니 조심하세."

"검차는 앞면을 철판 방패로 막아 놓아 끄떡없지 않나. 다 자네가 만든 거 아닌가."

그때 산성 안쪽에서 큰 소동이 일어났다.

"법당이 불탄다!"

전투 병력이 아닌 이들은 법당으로 몰려갔다. 이미 문짝들이 불덩이가 되어 거세게 타오르고 있었다.

"아휴, 우리 부처님 어떻게 해."

아낙들이 발을 동동 굴렀다. 치솟는 불길 속에서 타닥타닥 기왓장이 타서 튀는 소리가 났다.

"그냥 보고만 있으면 어떻게 해요?"

망치가 법당 안으로 뛰어들려고 했다. 그때 누군가 망치의 어깨를 붙잡았다.

"야, 불에 타 죽으려고 그러냐!"

"괜찮아, 나 팔랑개비 아니냐. 퍼뜩 들어갔다 나올게."

달래를 뿌리치고 법당 안으로 뛰어들던 망치는 엎어지고 말았다. 운학이 지팡이로 발목을 건 것이다.

"아이, 스님! 부처님이라도 모시고 나와야지요."

망치는 애타는 마음에 소리쳤다.

"아서라, 이놈아. 무쇠로 만든 철불인데 뭘 걱정이냐. 날도 추운데 부처님도 오늘은 뜨끈하게 주무시게 놔두거라."

운학의 농담에 철소민들은 비로소 여유를 찾았다.

"자, 여기는 걱정하지 말고 우리 군사들 물이나 떠다 주시오!"

운학이 법당 앞에 모여 있던 사람들을 돌려세웠다. 망치가 돌아서자 달래도 바가지를 들고 성벽 쪽으로 달려갔다. 아낙들도 줄줄이 몰려갔다.

"적들이 더 다가오면 일제히 반격한다. 방패로 몸을 가리고 명령을 기다려라!"

부호장의 지시가 성벽을 따라 전달되었다.

"저런, 법당이 지붕까지 다 타네. 나무아미타불…."

법당 쪽을 보며 일어서서 비손하던 불매대장이 돌연 비명을 질렀다. 불화살 두 발이 등과 허벅지에 꽂혀 삽시간에 몸이 불덩이로 변했다.

"이 사람아, 어서 땅에 굴러!"

천둥쇠가 고함을 질렀지만 쓰러진 불매대장은 제대로 움직이지도 못했다. 달래가 비명을 지르며 달려왔다.

"아버지!"

달래는 몸을 던져 거세게 타오르는 불을 끄려 했다. 치맛자락에 불이 옮겨붙었다. 부녀가 한 덩어리가 되어 불길이 더 커졌다. 아낙들이 물을 퍼 와서 뿌렸다.

"달래야!"

망치가 달래를 떼어 내 안고 마구 뒹굴었다.

"놔! 놓으란 말이야. 아버지!"

달래가 발버둥 쳤지만 망치는 달래를 안고 이리저리 뒹굴었다. 달래 몸에 붙은 불이 꺼지자 망치는 달래를 놓아주었다.

"아버지!"

달래가 다시 아버지를 붙잡으려 할 때 한 아낙이 큰 동이로 물을 쏟아부었다. 달래 어머니였다. 비로소 불매대장의 몸을 태우던 불길이 잦아들었다.

"달래 아버지, 정신 차려요!"

달래 어머니는 숯덩이처럼 변해 버린 남편의 몸을 끌어안았다.
불매대장은 간신히 손을 움직여 아내의 옷자락을 잡았다.

"아버지! 아버지!"

울부짖는 달래를 향해 불매대장이 입술을 달싹거렸다.

"달래야. 네가 있어 다, 다행…."

불매대장은 가물거리는 눈으로 아내와 딸을 쳐다보다가 고개
를 떨구고 말았다.

"아버지!"

달래의 울음소리가 불길이 치솟는 유학산성을 흔들었다.

"공격하라!"

홍다구가 명령을 내렸다. 불화살만 쏘아 대던 몽골군이 사다리
를 앞세우고 밀려들었다.

"성문을 열어라!"

부호장이 소리쳤다. 성문이 열리고 검차가 맹렬하게 돌진했다.
몽골군의 선두는 지레 겁을 먹고 달아나기 시작했다. 그때 철소
민의 화살이 소나기처럼 쏟아졌다.

"퇴각하라!"

어지간히 목표를 달성했다고 여겼는지 홍다구는 순순히 후퇴
를 명했다.

산성 안 곳곳에서 타오르던 불길이 차츰 잦아들었다. 부상자
들의 앓는 소리가 잠잠해지자 부엉이가 울기 시작했다.

첫눈 내리는 날

오전에 휴식과 정비를 끝낸 몽골군은 다시 공격 준비를 했다.

"군막은 물론이고 공양간마저 타 버렸으니 놈들은 이제 춥고 배고파 싸울 힘이 없을 것입니다. 지휘소와 법당이 무너져 사기가 떨어진 지금 몰아붙이면 간단히 무너뜨릴 수 있습니다."

홍다구는 벌써 이기기라도 한 듯 호기를 부렸다.

"정탐조의 상황 보고를 듣고 공격해도 늦지 않아. 한데 이놈들은 왜 이렇게 늦는 거야."

홍복원은 신중한 태도로 아들을 말렸다.

"쇠뿔도 달궈 놓은 김에 빼라고 하지 않습니까. 지금이 기회입니다. 눈이라도 오면 그때는 정말 어렵습니다."

그때 정탐을 나갔던 부장이 들어와 군례를 올렸다.

"어서 얘기해 보시오. 철소 놈들이 죄다 축 처져 있지요?"

홍다구의 채근에 부장은 잠시 망설이다가 입을 열었다.

"저들은 아무렇지도 않습니다. 평소처럼 밥을 짓고 편안하게 휴식을 취하고 있습니다. 그게 이상해서 성 뒤쪽 높은 데로 가서 살펴보니, 참 기가 막혔습니다."

홍복원은 눈을 찡그렸고, 홍다구는 씩씩거리며 눈을 치떴다.

"뭔데 그러시오. 얼른 얘기해 보시오."

"지하 창고가 있는데, 군량과 무기는 모두 거기 있는 듯했습니다. 그리고 법당 뒤 산벼랑에 군데군데 굴을 파 놓고는 막사로 쓰고 있습니다. 화공이 별 효과가 없게 된 것입니다."

홍복원이 무릎을 내리치며 한탄했다.

"하, 세상에! 대체 저 안에 제갈량이 몇 명이나 있는 게야? 조그만 산성 하나를 손에 넣기가 이리 어렵더란 말이냐?"

다른 참모 하나가 나섰다.

"장군, 우리가 저 조그만 산성에 붙잡혀 곤욕을 치를 이유가 없습니다. 총사령께서도 어서 오라 재촉하니 철소에 불이나 지르고 철수하시지요."

다른 참모들도 고개를 주억거렸다.

"이대로 철수라니, 대몽골 제국의 장수로서 부끄럽지도 않소? 오늘 공격으로 반드시 끝장을 보고 달래강을 건너야 합니다."

홍다구가 성난 눈길로 참모들을 쏘아본 뒤 말을 이었다.

"놈들은 그저 산성에 숨어 있다가 우리가 다가가면 활을 쏘고 검차를 내보냅니다. 화살은 방패로 막으면 되고, 검차를 깨부술 방안이 제게 있습니다."

홍복원은 지휘봉으로 손바닥을 탁탁 치면서 고개를 끄덕여 보였다.

유학산성에 북소리가 울리고 총동원령이 내려졌다. 군사가 아닌 이들도 모두 나와서 도우라는 명이었다. 간밤에 아버지를 잃은 달래도 머리띠를 동여매고 눈을 번득이며 굴에서 나왔다. 망치는 달래를 안쓰럽게 쳐다보며 성문으로 향했다.

구름이 잔뜩 내려앉아 시간을 가늠하기 힘든 오후, 몽골군의 총공격이 시작되었다. 맨 앞에는 운제를 세웠는데, 기존에 있던 운제 앞면에 두꺼운 나무를 덧대 검차의 창칼이 꽂혀 빠지지 않도록 고안한 일종의 방패차였다. 그 뒤로 방패를 든 보병과 긴 사다리들이 따라왔다.

"이대로 검차를 내보냈다가는 검차를 저놈들에게 넘겨주는 꼴이 될 텐데 어쩌면 좋습니까?"

상호장의 말에 운학이 잠시 생각하다가 대답했다.

"서둘지 말고 좀 기다려 보게."

운학이 자리를 비우자 부호장이 비장한 표정으로 명을 내렸다.

"검차와 돌격대는 만반의 준비를 갖추고 명을 기다려라!"

천둥쇠가 큰 소리로 대답했다.

"예, 부호장님!"

불매대장 대신 조종간을 잡은 망치는 두 손에 힘을 주었다.

몽골군은 함성을 올리며 방패차를 따라 천천히 진격했다.

"좋아, 방패차가 확실히 효력이 있다. 놈들이 검차를 못 내놓고 있어. 조금만 더 올라가 일시에 사다리를 걸면 끝난다. 계속 밀고 올라가라!"

홍다구가 자신만만하게 소리쳤다.

"저 방패차를 먼저 해치워야 검차를 내보낼 텐데, 어찌하면 좋겠나?"

상호장의 말에 부호장도 뾰쪽한 수가 없는 듯 이만 뿌드득 갈았다. 그때 사라졌던 운학이 나타났다.

"이걸로 방패차를 제거해 봅시다."

"스님, 그게 뭡니까?"

"기름 항아리요."

운학 뒤로 기름 항아리를 든 아낙들이 늘어서 있었다.

잠시 후, 유학산성 성문이 열렸다. 돌격대 두 명이 수레를 밀고 내달렸고, 다섯 명이 방패로 그들을 보호했다. 몽골군은 검차가 나오는 줄 알고 멈칫했다.

"저것들이 뭘 하는 거야?"

홍다구가 의아해할 때 돌격대가 수레를 힘껏 밀어 보냈다. 진입로로 달려간 수레가 방패차와 세게 부딪혔다. 순간 기름 항아리

가 깨지며 방패차에 기름을 끼얹었다. 곧이어 산성에서 불화살이
날아들었다.

화르르륵.

방패차는 삽시간에 불길에 휩싸였다. 방패차를 밀고 오던 몽골
군사들이 손을 놓고 물러섰다. 불붙은 방패차가 저절로 뒤로 밀
리기 시작했다. 좁은 비탈길에서 불수레가 점점 빠른 속도로 우
당탕 내려오니 몽골 군사들은 피하기 바빴다. 활활 타들어 가는
방패차가 골짜기로 처박히자 철소민들이 함성을 올렸다.

"놈들의 방어 무기가 우리 공격 무기로 변했군요. 역시 대단하
십니다."

상호장이 운학을 향해 합장했다.

잠시 물러났던 몽골군은 전열을 정비하며 공격 준비를 했다.

"조금만 더 밀고 올라갔으면 사다리를 걸 수 있었는데 아쉽구
나. 방패차가 소용없게 되었는데 달리 계책이 있느냐?"

홍복원의 말에 홍다구가 눈을 번득였다.

"우리가 접근하면 놈들은 다시 검차를 내보낼 겁니다. 그때 검
차를 잡을 것이니 지켜보십시오."

방패 부대를 앞세운 몽골군이 다시 진격해 왔다. 그런데 길 가
운데로 오지 않고 양쪽 길섶 바로 옆 비탈로 천천히 올라왔다. 그
비탈은 마름쇠도 없었다.

"저놈들이 검차를 피하려고 수를 쓰는구먼. 검차의 창칼을 긴 것으로 교체하라."

부호장의 명에 따라 천둥쇠가 검차의 창칼을 갈아 끼웠다.

몽골군이 전진하자 그 뒤로 사다리 부대가 길 가운데로 몰려 왔다. 몽골군의 숫자가 점점 불어났다.

"절대로 사다리를 허락해서는 안 된다. 빗장을 열어라!"

부호장의 명에 따라 성문이 열리고 검차가 달려 나왔다.

"엎드려라!"

홍다구의 목소리가 울려 퍼졌다.

몽골군은 검차를 피해 길섶 비탈에 납작 엎드렸다. 검차는 바람을 일으키며 내달릴 뿐 효과를 보지 못했다.

"그만! 검차를 회수하라!"

부호장의 명으로 검차가 멈추었을 때였다. 엎드려 있던 몽골군이 양쪽에서 달려들어 검차 바퀴에 지렛대를 꽂았다. 검차는 오도 가도 못하게 되었다. 몽골군이 검차에 꽂힌 창칼을 빼내 던져 버렸다.

"감아라, 어서 감아!"

천둥쇠와 망치가 황급히 물레를 감았지만 검차는 꼼짝도 하지 않았다.

"활을 쏘아라!"

부호장이 화살을 날리며 소리쳤다. 몽골군은 방패로 화살을 받아 내면서 동아줄에 도끼질해 댔다.

와아아아.

몽골군이 함성을 올렸다. 동아줄이 끊긴 검차가 골짜기에 나동
그라진 것이었다.

"성공이다! 이제 저놈들은 독 안에 든 쥐다. 공격하라!"

홍다구의 명에 몽골군 본대가 성문을 향해 밀려들기 시작했다.

"검차를 회수해야 한다. 돌격대는 나를 따르라!"

부호장이 이끄는 철소의 돌격대가 성문 밖으로 나갔다. 부호장
의 쌍칼이 번득이자 네댓 명의 몽골군이 쓰러졌다. 그 위세를 업
고 돌격대가 몰아치자 몽골군이 뒤로 밀리기 시작했다.

상호장과 운학이 성문 앞으로 내려왔다.

"갈고리를 가져오너라. 얼른 검차를 가져와 고쳐야 한다!"

상호장의 말에 창정이 의아한 표정을 지었다.

"이 난리 통에 어떻게?"

상호장이 방패를 거머쥐더니 칼을 뽑아 들었다.

"머뭇거리다가는 모두 다 죽는다. 따라오너라!"

상호장이 성문을 나서자 철소민들이 따라나섰다. 천둥쇠가 갈
고리를 가져와서 뒤를 따르려 하자 운학이 말렸다.

"자네는 검차를 고칠 준비를 하게."

망치가 갈고리를 낚아채서는 상호장을 따라 성문 밖으로 뛰쳐
나갔다.

검차는 성문에서 멀지 않은 골짜기에 처박혀 있었다.

망치 주위로 몇 명이 방패로 호위해 주었다. 망치는 가죽끈이 달린 갈고리를 빙빙 돌리다가 던졌다. 갈고리는 단번에 검차의 몸체에 걸렸다. 상호장이 다급하게 소리쳤다.

"당겨라!"

여러 명이 힘을 쓰자 검차가 진입로로 올라왔다. 그동안 부호장과 돌격대가 길을 막고 있었으나 점점 밀리기 시작했다.

"어서 당겨요!"

검차에 동아줄을 연결한 망치가 소리 질렀다. 천둥쇠가 혼자 물레를 감는데 운학이 달려와 거들었다. 바퀴가 하나 부서진 검차가 힘겹게 성문 안으로 들어갔다. 망치와 상호장도 검차를 따라 돌아갔다.

그 사이 몽골군이 밀려와 전투는 더욱 치열해졌다. 진입로로 몰려오는 몽골군이 늘어나면서 돌격대가 눈에 띄게 밀렸다. 몽골군은 비탈과 골짜기까지 채우며 밀려들었다. 몽골군은 널브러진 동료들의 주검을 밟고서 진격했다.

"사다리가 걸리면 다 죽는다. 모두 나가 싸우자!"

운학이 지팡이를 내려놓고 칼을 들었다. 그가 앞장서자 철소민 대부분이 무기를 들고 성문으로 따라 나갔다. 산성 안에는 아이들과 아낙들과 노인들뿐이었다. 그들은 불편수가 지휘하고, 상호장은 성문 위로 상황을 살폈다.

"다 되어 간다. 조금만 더 버티어라."

천둥쇠와 망치는 부서진 검차 수리에 진땀을 흘렸다. 바퀴를 갈아 끼우고 창칼도 다시 끼워 넣었다.

"성문이 코앞이다. 어서 사다리를 걸어라!"

홍다구의 명이 골짜기를 울렸다. 철소민들은 사력을 다했지만 점점 밀리고 있었다.

바로 그때, 성벽 위에서 꽹과리가 울렸다.

"어허 여어루 불매야!"

달래가 불매소리를 토해 냈다.

불매 불매 불매야 어절씨구 불매야
이 불매는 어디메 불매요
충주라 다인철소 불매지.

성벽에 늘어선 철소민들이 일제히 불매소리를 따라 불렀다.

불매 불매 불매야 어절씨구 불매야
쇠는 쇠는 어디메 쇠인고
윗쇠골 아랫쇠골 때깔 좋은 광석이지
불매 불매 불매야 어절씨구 불매야
숯은 숯은 어디메 숯인고

탄촌 숯 고개 활활 타는 백탄이지.

불매소리는 삽시간에 성 전체로 퍼져 갔다. 아이도 노인도 아낙네도 한목소리로 불매소리를 따라 불렀다. 불편수는 북으로 꽹과리에 맞춰 힘을 북돋웠다.

밀리던 돌격대와 철소민들이 힘을 내기 시작했다. 애타는 가족들의 응원이 디딜풀무처럼 힘을 불어넣고 있었다. 달래의 불매소리는 더욱 뜨겁게 울려 퍼졌다.

불어라 불어라 불매야 불매 딱딱 불매야
이 불매로 무엇 할꼬
철궁 장검 만들어서 국태민안 수호하지
불어라 불어라 불매야 불매 딱딱 불매야
이 불매로 무엇 할꼬
가래 쟁기 만들어서 농사짓고 장가가지
불어라 불어라 불매야 불매 딱딱 불매야.

"상호장님, 검차 수리 끝났습니다."
천둥쇠가 보고하자 상호장이 달래에게 소리쳤다.
"검차 나간다고 알려라!"
달래가 꽹과리 소리를 엇박자로 바꾸더니 크게 외쳤다.

"자, 다인철소 검차 나가신다!"

철소민들이 함께 따라 외쳤다.

"다인철소 검차 나가신다!"

돌격대는 얼른 길섶으로 비켜섰다.

"이놈들아, 성난 고슴도치 맛 좀 봐라!"

망치는 아버지와 박자를 맞춰 빠르게 물레를 풀었다.

두두두두.

검차가 길을 뚫자 몽골군은 허둥대다가 골짜기로 나뒹굴었다. 더러는 검차에 다쳐 비명을 질러 댔다. 돌격대와 철소민은 검차의 뒤를 따르며 몽골군을 무찔렀다.

"적이 등을 보인다. 더욱 몰아쳐라!"

부호장이 쌍칼을 휘두르며 맹렬하게 돌격했다. 몽골군은 기겁하여 진동한동 내빼기 시작했다. 좁은 진입로에서 등을 보이고 달아나며 서로 부딪쳐 밟고 밟히는 아수라장이었다.

"이놈들아, 공격해! 공격하라고!"

홍다구는 도망치는 부하들에게 칼을 휘두르며 소리쳤다. 하지만 도망치는 군사들을 막을 길이 없었고, 기어이 그들에게 부딪친 홍다구는 나자빠지고 말았다.

"이럴 수가! 어떻게 이럴 수가!"

뒤에서 지켜보던 홍복원은 결국 후퇴하라고 명했다. 뿔나팔이 울리자 몽골군은 더 큰 소란을 일으키며 도망쳤다.

"멈춰라!"

진입로 끝에 이르자 부호장은 진격을 멈추고 쌍칼을 높이 치켜들었다.

와아아아.

돌격대와 산성 안 철소민들이 동시에 함성을 올렸다. 몽골군은 누렇게 흙먼지를 일으키며 산 아래로 사라졌다.

부호장과 돌격대는 줄을 맞춰 당당히 산성으로 행진했다. 철소민들은 두 팔을 치켜들어 그들을 환영하고 승리를 축하했다.

"만세! 대고려 만세! 다인철소 만세!"

망치와 천둥쇠도 성벽 위에 올라서서 만세를 외쳤다.

"아버지, 우리가 이겼어요. 해냈다고요."

망치는 가슴이 북받쳐 눈물이 터질 듯했다. 천둥쇠가 망치의 어깨에 손을 얹었다.

"잘했다, 이놈아. 이제 너도 어엿한 사내가 되었구나."

망치는 옆에 선 달래를 쳐다보았다. 달래는 꽹과리를 움켜쥔 채 굳은 듯이 서 있었다. 두 눈에는 눈물이 고여 일렁거렸다. 눈물을 들키지 않으려는 듯 달래는 하늘을 올려다보았다. 불매대장을 떠올리는 게 분명했다. 망치의 눈길도 하늘을 향했다.

'해냈어, 지켜 냈어!'

무언가 지킬 것이 있고, 그걸 해낸다는 것이 이토록 뿌듯할 줄은 몰랐다.

'끝끝내 지킬 것이다! 우리 철소를, 부모님과 달래를!'

망치는 다시는 철소를 떠날 생각 따위는 하지 않으리라 다짐했다. 망치의 눈두덩에 서늘한 것이 닿았다. 하나, 또 하나… 점점이 구름 조각이 흩날리기 시작했다.

"달래야, 눈이다!"

달래는 입술을 질끈 깨물고는 대답했다.

"그래, 첫눈이네. 잘했어, 망치야"

만세 소리는 그치지 않았고, 눈발은 점점 굵어졌다. 피와 연기로 가득한 유학산 골짜기를 백설기 가루 같은 첫눈이 하얗게 덮기 시작했다.

불어라, 불어라, 불매야

고종 42년(1255년) 봄날이었다.

다인철소 큰가마실 마당에는 철소민들이 군대처럼 줄지어 늘어서 있었다. 부호장이 맨 앞에 서고, 불편수가 나란히 섰다. 그 뒤로 쇠대장, 숯대장, 대장간 대장이 서고, 불매대장 달래가 섰다.

단상에서 상호장의 목소리가 울려 퍼졌다.

"황제 폐하의 명을 받들 것이니 모두 예를 갖추시오."

가운데 자리에 앉아 있던 황제의 사자使者가 일어섰다. 상호장이 단상에서 내려와 부호장 앞에 섰다. 충주 부사와 귀족 관리들도 단 아래로 내려가 좌우로 늘어섰다.

단상 위에서 황제의 사자가 금색 두루마리 교서를 펼쳤다.

"국원경 다인철소에 하교하노라. 다인철소는 갑인년(1254년) 몽골의 침입에 맞서 싸워 적을 물리쳤고, 계축년(1253년)에도 충주성을 도운 공로가 컸다. 이에 다인철소를 익안현으로 승격하고, 철소민은 모두 천민의 신분을 면하여 양인으로 삼는다. 상호장 지현수를 현령縣令으로 삼고, 부호장 어태수에게 별장別將을 내리니 철소를 더욱 굳건히 하여 나라를 지키는 데 충성을 다하라!"

상호장이 엎드려 절하며 큰 소리로 외쳤다.

"황은이 망극하옵니다!"

모든 철소민이 엎드려 되뇌었다.

"황은이 망극하옵니다!"

단상 아래 늘어선 귀족과 관리들이 손뼉을 치며 축하했다. 상호장이 일어나 철소민들을 향해 목청을 높였다.

"장하고도 장한 철소민들이여, 그대들은 이제 고려의 양인이다. 황제 폐하의 은혜에 감사하고, 서로서로 마음껏 축하하라!"

그 말을 이어받아 부호장이 소리쳤다.

"자, 이제 모두 일어나 잔치를 즐기세!"

하지만 철소민들은 그대로 엎드린 채 일어나지 못했다. 흐느낌이 종소리처럼 퍼져 나갔다. 울음소리는 점점 커졌고, 어깨를 들썩이고 땅을 치며 통곡하는 이도 있었다. 그들의 조상도 한때는 가야의 귀족이거나 고구려와 백제의 평민이었을 것이다. 그런 조상의 깊은 한까지 씻어 주는 은혜에 철소민들은 울음을 주체하지 못했다.

"자, 다들 일어나게. 모두 수고 많았네."

"이 좋은 날에 웬 눈물 바람인가. 이제 잔치를 즐겨야지."

상호장과 부호장이 철소민들의 어깨를 어루만지며 하나씩 일으켰다. 철소민들은 거듭거듭 절을 하며 감사를 표했다.

"이게 모두 상호장님과 부호장님 덕분입니다. 죽어도 이 은혜는 잊지 못할 것입니다."

불편수를 비롯한 철소의 대장들도 눈물을 머금은 채 고개를 조아렸다.

"무슨 소린가. 자네들이 철소를 지키고 오랑캐를 물리쳤으니 마땅히 받아야 할 상이네. 나와 부호장이 자네들 덕분에 출세한 거지."

운학도 단상에서 내려와 철소민들을 일으켜 세웠다.

"어서 잔칫상을 들이게. 언제까지 손님들을 세워 둘 텐가."

그제야 철소민들은 눈물을 거두고 움직이기 시작했다.

큰가마실 마당은 잔치 분위기로 흥이 올랐다. 서로 축하하며 술잔을 주고받고 덕담을 나누었다.

망치와 모루도 작은 상을 받아 놓고 마주 앉았다.

"철소에서 우리한테 혼쭐난 홍복원은 그 뒤 어떻게 됐냐?"

망치의 물음에 모루가 대답했다.

"월악산까지 쫓아와 덤벼들었지만, 어림없지. 그냥 포기하고 하늘재를 넘어 내빼는 걸 우리가 또 한 번 박살 내 줬지. 그 후 남쪽으로 내려가서 곳곳에 불을 지르고 약탈하고 사람들을 많이 끌고 갔다더라."

"그놈들 이제 우리 철소에는 감히 다시 올 엄두를 못 내겠지."

망치가 주먹을 불끈 쥐고 들어 보였다.

"넌 언제 뜰 거냐? 걸핏하면 철소에서 벗어나 장군이 될 거라고 했잖아."

망치는 피식 웃음을 흘렸다. 어설프게 철소에서 도망쳤다가 하늘재에서 잡혔던 일이 스쳐 갔다.

"난 철소 안 떠난다."

"아버지를 이어 성냥간 대장 하려고?"

망치가 손을 휘저었다.

"아니."

"그러면 왜 안 떠나?"

"이왕 하려면 총대장을 해야지. 안 그러냐?"

모루가 눈을 슴벅거리다가 자기 무릎을 철썩 내리쳤다.

"아, 불편수!"

망치가 웃음을 환하게 그렸다. 모루가 고개를 끄덕이다가 다시 물었다.

"왜 생각이 바뀌었어? 면천도 되었는데 왜 안 떠난다는 거야?"

"그냥. 난 쇠 만드는 게 좋아."

"그게 뭐가 좋아. 얼마나 고달프고 힘든데."

망치는 고개를 갸웃갸웃하다가 엄지를 척 세웠다.

"아무나 못 하는 일이니까. 돌을 녹여 쇠를 만들어 내는 게 얼마나 멋진 일이냐!"

다음 순간 꽹과리 소리가 울려 났다.

꽹, 깨갱, 깽.

달래가 앞장서고 불매꾼들이 어깨춤을 둥싯대며 줄을 이었다.

"자, 한판 놀아 볼까요?"

달래가 소리치자 불매꾼들이 한목소리로 답했다.

"좋소, 한판 걸판지게 놀아 봅시다!"

달래는 꽹과리를 치며 여유롭게 목청을 열었다. 달래의 모습이 대보름날 달덩이처럼 환하게 망치의 눈에 들어왔다.

"어허 여허루 불매야!"

달래가 불매소리를 선창하자 철소민들이 꼬리잡기하듯 불매꾼 뒤로 따라붙기 시작했다. 구경하던 아이들과 아낙들도 다투어 나와 어우러졌다.

옛날 옛적 시우 신이

어허 여허루 불매야

조작으로 만든 불매

어허 여허루 불매야

태고 시절 언제런가

어허 여허루 불매야

시우 신이 있을 때지

어허 여허루 불매야.

달래의 불매소리는 더 경쾌하고 빨라졌다. 한동안 풀 죽어 있
던 모습은 사라지고 눈동자에 힘찬 기운이 감돌았다. 그 모습을
지켜보던 망치는 문득 생각나는 게 있었다.

'아, 자개 분합!'

목계나루에 같이 갔을 때 달래가 갖고 싶어 하며 침을 삼키던
물건. 언젠가 사주겠다고 큰소리를 쳤는데, 조만간 목계나루에
가 봐야겠다고 생각했다.

"모루야, 너는 나라를 잘 지켜라. 나는 내 꿈을 잘 지키련다."

친구의 속내를 알아챈 듯 씩 웃음을 짓는 모루의 손목을 망치
가 잡아챘다.

"우리도 나가자!"

망치와 모루가 뛰어들자 달래의 노래에 더욱 신명이 붙었다. 운
학도 일어나 흐뭇한 표정으로 달래를 바라보았다. 상호장과 부호장
도 체면을 내던지고 두 팔을 흔들며 철소민과 하나로 어우러졌다.

경쾌한 불매소리가 빠른 박자로 터져 나왔다. 사람들의 춤사위
도 흥을 더했다. 모두를 하나로 녹이는 가마 같은 불매소리가 아
지랑이 피어오르는 익안현 하늘을 가득 채웠다. 그 하늘로 달래

의 불매소리가 청아하게 날아올랐다.

불어라 불어라 불매야 불매 딱딱 불매야
이 불매로 무엇 할꼬
철궁 장검 만들어서 국태민안 수호하지
불어라 불어라 불매야 불매 딱딱 불매야
이 불매로 무엇 할꼬
가래 쟁기 만들어서 농사짓고 장가가지
불어라 불어라 불매야 불매 딱딱 불매야.

《고려사高麗史》〈지리지地理誌〉에 "다인철소 주민들이 몽골군을 방어하는 데
공을 세웠으므로, 고종 42년(1255년)에 소所를 익안현翼安縣으로 승격하였다."
라고 기록했다.
익안현은 조선 초기에는 충주에 속했다가 후에 이안면으로 바뀌었다. 1914
년에는 유등면과 합쳐져 이류면이 되었다가, 2012년 대소원면으로 변경되
었다. 현재 대소리, 금곡리, 장성리, 노계리, 본리, 완오리, 영평리 일대를 다
인철소 지역으로 추정한다.

딱 한 줄에서 시작된 큰 이야기

충주는 지방의 소도시지만 유서 깊은 역사의 도시라고 자부한
다. 한때는 수도에 버금가는 국원경國原京으로 불렸고, 나라의 중
앙을 상징하는 중앙탑이 우뚝 서 있다. 거기다 남한강이 월악산
국립공원의 아름다운 계곡을 휘감아 흐르며 충주호를 만들고,
왕의 온천이라 불리는 수안보를 품고 있다.

이렇게 수려한 자연 속에 신라의 악성樂聖 우륵 선생의 유적이
있고, 신필神筆로 불린 서예의 대가 김생의 사적이 있으며, 신라
유학의 기틀을 마련한 강수 선생의 터전이기도 하다.

이에 얽힌 감동적이고 재미난 일화가 수두룩하게 전해 오는데,
그 가운데 가장 유명한 것은 몽골의 침략을 거듭 물리친 충주성

전투다. 노비들로 구성된 부대를 지휘해 몽골군을 물리친 김윤후 장군의 이야기는 경이롭기까지 하다. 그런데 잘 알려지지 않은 더욱 경이로운 역사가 있으니, 바로 다인철소 이야기다. 이 놀라운 역사는 《고려사》〈지리지〉에 딱 한 줄 나온다.

'다인철소 주민들이 몽골군을 방어하는 데 공을 세웠으므로, 고종 42년에 소를 익안현으로 승격하였다.'

이 한 줄은 나에게 큰 충격으로 다가왔다. 천민 대우를 받던 철소민들이 몽골군을 물리쳐 평민이 되고, 소가 현으로 승격하다니! 머리에 벼락을 맞은 듯 번쩍 불꽃이 일었고, 가슴속엔 북소리가 천둥처럼 울렸다. 이야기 한 편을 꼭 써야겠다는 창작욕이 활활 타올랐다. 곧바로 관련 자료를 찾고, 철소로 추측되는 장소들을 뒤지기 시작했다. 그런데 이상하리만큼 관련된 기록이나 전해 오는 이야기도 없고, 유적도 남아 있는 게 없었다.

'고려는 몽골과 기나긴 전쟁을 치른 뒤 원나라의 지배를 오랜 시간 받지 않았는가. 그 시절 세계 최강을 자부하던 몽골군이 한낱 철소민에게 패한 것이 창피해 기록을 지우고 흔적을 없애 버

린 게 아닐까?'

일제 강점기 동안 왜곡되고 지워진 역사에 비춰 보면 그럴 법도 했다. 시간이 흐르면서 처음의 놀라움은 사그라들었고, 빈약한 자료 탓에 이야기를 엮어 낼 엄두가 나지 않았다.

그런데 수년 뒤, 다시 창작열에 불을 지피는 일이 생겼다. 울산에서 여는 쇠부리 축제, 옛날 제철 방식을 되살린 장면과 '불매소리' 공연 영상을 접한 것이다.

망치, 모루, 달래. 이야기에 앞서 주인공의 이름부터 불쑥 떠올랐다. 그 아이들이 달래강과 다인철소 일대를 마구 뛰어다니는 것만 같았다.

다시 자료를 찾아 나섰다. 마침 국립 중원문화재연구소가 충주에 있어 도움을 받을 수 있었다. '불매소리' 연구 논문과 당시의 제철 기술 복원 연구, 다인철소 야철지冶鐵址를 탐색한 자료가 새로운 상상력을 불러일으켰다. 다인철소의 향리인 지씨와 어씨가 유학산성에서 전투를 승리로 이끌었다는 짤막한 지역 야사野史도 이야기 얼개를 짜는 데 큰 도움이 되었다.

하지만 다인철소 전투의 상세한 내용은 여전히 희미하고 막연했다. 정규군도 아닌 철소민이 무적의 몽골군을 어떻게 물리쳤을까? 그 장면은 오로지 상상력만으로 그려 내야 했다. 특히 조그만 철소가 몽골군을 이기려면 강력한 무기가 필요했다. 철소의 특징과 장점을 최대한 살려 상상력을 발휘했다. 궁리 끝에 '성난 고슴도치'라고 별명을 붙인, 비밀 병기 검차가 탄생했다. 고려의 배신자로 침략의 앞잡이인 홍복원의 아들 홍다구를 등장시킨 것도 전쟁의 박진감을 더하기 위함이었다. 실제 홍다구는 그의 아버지가 죽은 뒤 관직을 이어받아 고려 땅에 들어와 고려를 압박한 것으로 기록되어 있다. 그러나 당시 가장이 전쟁에 출정하면 아들이 따라 출정하는 일이 다반사였고, 홍다구가 행한 반민족적 악행이 제 아비보다도 컸음을 상기하기 위해 그렇게 설정했다.

또 하나 밝혀 둘 것은 '불매소리'의 내용이다. 철소의 노동요인 '불매소리'는 글을 쓰는 동안 내게 큰 힘을 불어넣어 주었다. 이는 울산 달천 철장鐵場에 전해 오는 조선 시대 노래인데, 고려 시대와 충주라는 배경에 맞게 가사를 조금 고쳤다. 달천 철장에서 전해 오는 노랫말에는 불매(풀무)를 처음 만든 이를 시원 선생이라고 한 것을 임의로 시우 신으로 바꾸었다. 제철 과정을 노래한 무가^{巫歌}에서 '시우'라는 이름을 찾아내 연결한 것이다. 시우는 처음으로 금속을 녹여 투구와 창검을 만든 동이족의 영웅 '치우'에서 유래한 말이라고 추측한다.

애초부터 우리 민족은 철을 잘 다루었다. 인류 최초로 금속 활자를 발명한 것도, 오늘날 세계 최대의 철강 업체를 보유해 철강 왕국으로 불리는 것도 결코 우연이 아니다. 이러한 역사의 과정에서 충주의 다인철소가 있었음을 기억해 주면 좋겠다.

다인철소를 통해 어떤 억압에도 굴하지 않고 도전하는 강철 같은 고려 백성들의 투지를 그리고자 했다. 전쟁 통에도 망치, 모루, 달래가 꿈을 찾고 이루어 가는 모습도 보여 주고 싶었다.

이렇게 딱 한 줄의 기록에서 착안해 충주의 역사와 문화가 어우러진 큰 이야기 한 편을 엮어 냈다. 이것으로 충주 월악산 품속에서 20여 년을 살아온 데 대한 작은 보답이라도 한 듯해 뿌듯하다.

그동안 수없이 고치고 다듬은 노력에 대한 보람인가. 이 이야기로 '2024년 아르코 문학창작기금'을 받게 되었다. 작품을 알아봐 준 심사 위원과 다른출판사 김한청 대표에게 고마움을 전한다. 아울러 귀한 연구 자료를 선뜻 내준 국립 중원문화재연구소와 한지선 선생님의 도움도 오래 기억하고 싶다. 이 책과 연결된 역사와 환경과 모든 사람에게 두루두루 감사의 마음을 전한다.

월악산 영봉이 보이는 관영재에서

박윤규

울산쇠부리축제
불매소리 공연 영상

오늘의
청소년
문학
41

다른 포스트

뉴스레터 구독

불매소리

초판 1쇄 2024년 5월 13일

지은이 박윤규

펴낸이 김한청
기획편집 원경은 차언조 양선화 양희우 유자영
마케팅 정원식 이진범
디자인 이성아
운영 설채린

펴낸곳 도서출판 다른
출판등록 2004년 9월 2일 제2013-000194호
주소 서울시 마포구 동교로 27길 3-10 희경빌딩 4층
전화 02-3143-6478 **팩스** 02-3143-6479 **이메일** khc15968@hanmail.net
블로그 blog.naver.com/darun_pub **인스타그램** @darunpublishers

ISBN 979-11-5633-613-6 44810
ISBN 978-89-92711-57-9 (세트)

이 도서는 2024년도 한국문화예술위원회 아르코문학창작기금 발간지원 사업에 선정되어
발간되었습니다.

다른 생각이
다른 세상을 만듭니다